DIARIO DE NAVEGACIÓN

DIARIO DE NAVEGACIÓN
La historia de Pepe el Timonel

JOSÉ MANUEL VILLALPANDO

Grijalbo

Diario de navegación
La historia de Pepe el Timonel

Primera edición: agosto, 2018

D. R. © 2018, José Manuel Villalpando

D. R. © 2018, derechos de edición mundiales en lengua castellana:
Penguin Random House Grupo Editorial, S. A. de C. V.
Blvd. Miguel de Cervantes Saavedra núm. 301, 1er piso,
colonia Granada, delegación Miguel Hidalgo, C. P. 11520,
Ciudad de México

www.megustaleer.mx

ISBN: 978-607-316-910-3

Impreso en México – *Printed in Mexico*

El papel utilizado para la impresión de este libro ha sido fabricado a partir de madera procedente
de bosques y plantaciones gestionadas con los más altos estándares ambientales, garantizando
una explotación de los recursos sostenible con el medio ambiente y beneficiosa para las personas.

Penguin
Random House
Grupo Editorial

Para Nora, mi compañera de viaje...

México, de mar a mar te viví…

PABLO NERUDA

ÍNDICE

PRIMERA PARTE

Levar anclas

Mi recuerdo más vivo es de aquel día, cuando nos internamos en el estrecho de Magallanes. El barco se agitaba con los golpes de las olas encrespadas que nos zarandeaban por las dos bandas. A pesar de ello, avanzábamos a toda máquina. Empuñé con fuerza el timón mirando hacia el frente, sin que el mar embravecido me hiciese perder el rumbo que el comandante había fijado. Luego comenzamos a virar para esquivar las salientes de los promontorios y de los acantilados; según decía mi comandante, las afiladas puntas debajo de la superficie, que no veíamos, podrían desgarrar el casco y provocar una tragedia. Mi capitán Manuel Azueta estudiaba con detenimiento las cartas de navegación que indicaban esos peligros; levantaba la vista de cuando en cuando para mirar el cronómetro y ordenarme, con su voz firme y segura: "A estribor, dieciocho grados", esperando pacientemente que el *Guerrero* obedeciera una vez que yo había girado la rueda. Yo veía el compás que estaba frente a mí, dentro de la bitácora, y una vez que me había cerciorado de que la nave iba ya en la dirección correcta cantaba de inmediato: "Rumbo, rumbo, rumbo".

El capitán Azueta volvía a inclinarse sobre la mesa a estudiar nuevamente las cartas de navegación del estrecho de Magallanes, leyéndolas con detenimiento e incorporándose para mirar hacia el exterior; luego hacía sus cálculos mentales, observaba de nuevo las cartas y tras comprobar su coincidencia con lo que veíamos en el trayecto, me volvía a ordenar: "A babor, veintitrés grados". Yo giraba la rueda del timón para que el *Guerrero* virara mientras frente a mí pasaban las altas paredes de los acantilados; estaban tan cerca que el comandante decía que apenas los separaban menos de doscientos metros, es decir, la anchura del canal por donde navegábamos. Ése era el momento más peligroso; lo conjuramos muy bien gracias a la pericia y precisión de mi comandante Azueta, quien mostraba una cara de evidente satisfacción cada vez que yo cantaba "rumbo, rumbo, rumbo". En cambio, los que no podían ocultar su temor y hasta su espanto eran los jóvenes aspirantes que estaban con nosotros en el puente del *Guerrero*. Azueta les dijo, para tranquilizarlos, que no tuvieran miedo, que por allí había pasado hacía cuatro siglos Fernando de Magallanes y que podían confiar en las buenas manos de Pepe el Timonel, porque yo ya había navegado por esas mismas aguas años atrás; les platicó de la vez en que pasamos por ese mismo lugar a bordo de la *Zaragoza*, cuando la llevamos de un océano a otro.

En ese entonces, les explicó, él era primer teniente y fungía como segundo comandante de la corbeta y yo estaba como timonel, por supuesto. "Así que no teman —les repitió—, aquí está Pepe el Timonel, el hombre en quien más confío". Pecaba de modestia, pues no era exactamente verdad; yo sólo me limitaba a cumplir sus órdenes. Ese día era un deleite verlo dirigir la nave, se inclinaba sobre las cartas, oteaba el canal y las paredes que lo encerraban, calculaba en su cabeza el tiempo y la velocidad del *Guerrero* y luego me ordenaba con firmeza y claridad: "A estribor, treinta grados". Y así hasta que atravesamos todo el estrecho y sus canales, para desembocar en la costa chilena, en el océano Pacífico. Mientras sostenía con firmeza el timón, me ponía a pensar en ese capitán tan especial, en Azueta, y me decía a mí mismo: "Éste es un hombre que sabe su oficio, su oficio de marinero". Por eso, ese día fue para mí tan inolvidable. Quizá fue mi mejor día en la mar, bajo las órdenes de un comandante en el cual confiaba y de quien estaba orgulloso de servir bajo su mando.

Contra la tristeza no hay remedio. Ya lo único que hago es salir de mi casa y venir al café, frente al malecón, como lo hacía cuando acompañaba todas las tardes a don Manuel Azueta desde que nos retiramos del servicio. Pero él ya no está; lo sepultamos hace menos de un mes. Las muertes de sus tres hijos fueron golpes devastadores. Yo lo entendí apenas hace muy poco, cuando me llegó la noticia de la muerte de José, mi hijo, el menor de todos. Fue entonces que comprendí la enorme entereza de mi comandante Azueta; no sé cómo pudo resistir el tremendo dolor: primero falleció José, cuando los norteamericanos desembarcaron en Veracruz; luego Tomás, quemado en el incendio del barco en que era pilotín; y al final Manuel, también capitán de la Armada, asesinado en Tampico. Dice mi esposa, que está tan triste como yo, que Azueta me debería servir de ejemplo, pues tuvo valor no sólo en los momentos de peligro sino también para afrontar estas desgracias.

Mi comandante estaba triste por algo más: la frialdad, la indiferencia y la falta de gratitud con que la Armada le pagó sus muchos años de servicio a la nación. Escudados en pretextos legales, no le reconocieron el grado de contralmirante ni tampoco el de comodoro, así que lo retiraron como capitán de navío a pesar de que siempre fue el mejor marino de México, el más instruido, el más dedicado, el más valiente, el héroe de la defensa de Veracruz. Nada de eso le valió y lo despojaron de sus grados, alcanzados en el cumplimiento del deber. También por esto se le notaba siempre triste y, aunque no profería queja alguna, no podía disimular su amargura. Se distraía platicando con sus amigos o con sus antiguos subordinados. Así como yo en su momento traté de consolarlo, en los últimos meses los papeles se invirtieron y era él quien se esmeraba en darme aliento. Después lo enterramos en la misma tumba donde yacen los restos de su hijo José, el otro héroe de esa familia de héroes.

Mi esposa y mis otros hijos, Antonio y Ramón, no quieren que se me vaya lo que me resta de vida penando y mortificándome. Me hicieron recordar que a mí me gusta mucho platicarles sobre mis andanzas y mis días en la Armada, así que se han coludido para que deje atrás la tristeza; como ya no tengo con quien platicar en el café y a ellos seguramente ya los abrumé con mis relatos, han pensado que es mejor que los escriba. "Al cabo tienes muy buena letra", dijo mi esposa al regalarme una pluma fuente nuevecita, con todo y su estuche. La compró a un marinero de un barco español que siempre llega vendiendo mercancías de contrabando. También me dio un gran frasco de tinta morada y, junto con mis hijos, encargaron al dueño del café donde acostumbro ir, mi compadre, que me exija escribir todos los días. Ése es mi nuevo deber mientras fumo mi cigarro, miro al mar y veo los barcos que entran y salen del puerto.

Sí, tengo buena letra. Por eso el comandante Azueta me pidió hace muchos años, cuando andábamos en la *Zaragoza*, que me ocupara primero del cuaderno de bitácora y, después, cuando se cercioró de mi manera de redactar los acaecimientos, quiso que pasara las anotaciones al diario de navegación. Y así lo hicimos en todos los buques en los que navegamos juntos. El último día en que fui comandante de la *Zaragoza*, un barco que ya no navegaba, recibí la orden de abandonarla para que la desartillaran y desmantelaran para proceder después a hundirla a cañonazos por inútil para el servicio, sustraje a escondidas un diario de navegación en blanco, nuevecito, para no olvidar jamás a esa nave ni a ese jefe. En este diario escribiré todo lo que recuerde de esos cuarenta años en los que serví a la Armada. Éstas son mis singladuras personales.

Desde que yo era muy joven me decían Pepe el Timonel, porque todos sabían que me gustaba mucho andar en el mar y conocían mi habilidad para conducir barcos. Desde que mi padre murió, frente a la isla de Lobos, donde naufragó el pesquero de su propiedad en que navegaba, mi madre me metió a trabajar con don Cuco, el patrón de una balandra que hacía servicio de cabotaje por los puertos del golfo. Allí aprendí los oficios marineros; el que más me gustó fue el de timonel, pues descubrí primero la importancia y la responsabilidad de llevar el barco con mis manos y luego el placer de fijar el rumbo y sentir cómo la nave se desliza sobre las aguas, surcándolas por donde yo quería. No tenía yo ni quince años de edad cuando don Cuco me asignó al timón y me ascendió a piloto del pequeño velero, la *Tecolutla*. Afortunadamente, quizá, por mi corta edad o porque don Cuco andaba en amores con mi madre, a mí no me asignaba las duras faenas de la estiba; me dejaba tiempo para estudiar las pocas cartas de navegación que teníamos a bordo y para leer, porque eso sí, mientras se pudo y mi padre vivía, fui a la escuela y salí muy bueno para las letras y para hacer cuentas.

En la *Tecolutla* íbamos de un lado para el otro llevando mercancías y a veces pasajeros, pues don Cuco admitía toda clase de fletes. Así, salíamos de Veracruz para llevar carga a Tuxpan y luego podíamos seguir a Tampico para viajar al sur y llegar a Campeche o seguir hasta Sisal, puerto pequeño que me gustaba mucho porque allí visitaba, en mis horas libres, a una señora cuyo marido nunca estaba; ella me enseñó muchas cosas de la vida. Me contaba siempre la misma historia, que yo ya me sabía pero dejaba que la repitiese porque se le iluminaban los ojos. Solía narrarme cuando la emperatriz Carlota desembarcó en Sisal y ella le entregó un ramo de flores que la soberana correspondió con una caricia en su mejilla. En alguna ocasión, al despedirnos, me regaló un libro que aún conservo y que leí con gran emoción. Era *Un capitán de quince años* y me parecía que las aventuras de Dick Sand, el protagonista, eran justamente las que soñaba para mi propia vida, la clase de vivencias que yo deseaba experimentar. Se publicó en Madrid en 1886, en español, y cada vez que lo veo me acuerdo de aquella señora tan generosa que en su soledad me regaló no sólo este libro de Julio Verne, sino muchos otros saberes asaces deliciosos.

En la *Tecolutla* aprendí a conocer el mar. Sabía cuando habría tormenta y preveía los días calmos; anticipaba el viento desfavorable y podía intuir las tempestades. También aprendí a aprovechar las corrientes y a atracar en un muelle, a divisar desde lejos los bajos y los cayos, a esquivar los arrecifes y a pasar sin riesgo por los bancos de arena. En la mente hacía mis cálculos del peso de la nave, de la dirección del viento, de la velocidad que llevábamos, de la profundidad del fondo en relación con nuestro puntal para no lastimar al casco. Puedo decir con orgullo que jamás varé una nave y nunca encallé, y que tal pericia la adquirí en la *Tecolutla* bajo la severa y a veces paternal mirada de don Cuco, pues él se sentía una especie de padrastro mío.

Por mucho tiempo lamenté que don Cuco no se casara con mi madre, con la que se entendía muy bien, tanto que cuando ella nos visitaba se encerraban largas horas en el camarote, pero después supe que él tenía mujer e hijos precisamente en su tierra, Tecolutla, de lo cual mi madre estaba enterada pero jamás se lo recriminó.

Llegó un día en que conocía la costa del Golfo de México como la palma de mi mano. De memoria podía trazar una carta con todos sus accidentes y peculiaridades, pues como navegábamos costeando, sin perder de vista la línea de la playa, me aprendí todas las rutas. Esos eran los días felices en los que, al timón de la *Tecolutla*, soñaba con ser capitán.

Un día, la *Tecolutla* fue fletada en Campeche por don Adolfo Bassó, un capitán de la marina mercante que acababa de incorporarse a la Armada y había sido destinado a Veracruz, para hacerse cargo del mando del cañonero *Libertad*. Don Adolfo mudó a su familia, incluido todo el menaje de su casa, y durante el viaje se pasaba todo el tiempo en el pequeño puente de la *Tecolutla* platicando con don Cuco, a quien conocía desde hacía tiempo. Ocupado como estaba con el timón, no ponía atención a lo que decían, pero en una de esas pude escuchar que en voz baja se referían a mí, pues don Adolfo decía que yo le parecía muy diestro en el oficio, ante lo que don Cuco asintió.

Más tarde, mientras yo orzaba para aprovechar el poco viento, don Adolfo me interrogó acerca de muchas cosas sobre la mar y sobre la línea de costa que se divisaba a estribor. Creo que le contesté a su satisfacción. Más bien estoy seguro, porque algunos meses después, un día en que la *Tecolutla* atracaba en el desembarcadero de San Juan de Ulúa para llevarle vituallas al castillo, me fijé que allí estaba él, observando la maniobra. Cuando bajé, lo vi platicando con don Cuco, quien me llamó para decirme muy serio que el capitán Bassó quería hablar conmigo. Las primeras palabras de don Adolfo me sorprendieron, me preguntó que cuánto ganaba y no supe qué contestarle porque don Cuco le daba mi salario íntegro a mi madre. Entre risas me invitó a comer al día siguiente.

Cuando lo vi en la fonda me dijo que ya había averiguado mi sueldo, que no era mucho, y tenía una proposición que hacerme, la cual ya había sido aceptada por don Cuco y por mi madre, todos parecían estar de acuerdo en que debía emprender una nueva vida. Me necesitaba en el cañonero *Libertad* como timonel porque no tenía a nadie que pudiera conducir el barco con seguridad y confianza; había apreciado mi vocación y gusto por el mar, a la vez que mi destreza y habilidad en el timón. Entonces remató con algo que no olvidaré jamás: "México y la Armada te necesitan".

Me explicó que los pocos buques de guerra que tenía la Armada en los dos litorales eran insuficientes a todas luces para vigilar nuestras costas, y aún más para enfrentarnos a un posible enemigo; para colmo, muchos de los tripulantes no sabían el oficio y estaban a fuerzas —algunos eran reos de las prisiones a los que les conmutaban la pena por años de servicio en los barcos—, por lo cual todos estaban siempre dispuestos a desertar a la primera oportunidad.

Me convenció. Y con la anuencia de don Cuco y la bendición de mi madre, firmé mi primer contrato de enganche con la Armada de México, aceptando por voluntad propia someterme a la disciplina militar. El oficial que recibió mis papeles y me pasó por cajas me dijo que era bueno que viniese libremente y supiera leer y escribir. Luego me preguntó si estaba consciente de que se me podría exigir hasta el dar la vida en el cumplimiento del deber. Respondí que sí, aunque quizá, sólo muchos años después comprendí a lo que se refería.

De la Armada yo sabía muy poco, sólo lo que me había contado mi abuelo, que anduvo de artillero en la *Guadalupe*, aquella fragata blindada y de ruedas de los años cuarenta, con la que Papachín, digo, el comodoro Tomás Marín, derrotó a la escuadra texana frente a Campeche. Mi abuelo, condestable en ese barco, el más moderno del mundo, siempre se sintió orgulloso de haber formado parte de la Armada y me aseguró que yo también lo estaría, a pesar de que él quedó muy dolido, porque siguió siempre a don Tomás Marín hasta que fueron derrotados y apresados en el barco *General Miramón*, durante la guerra de Reforma. Sucedió cuando se enfrentaron a la escuadra norteamericana con las corbetas de guerra *Saratoga*, *Indianola* y *Wave*, a la altura de Antón Lizardo. Al final de la batalla se los llevaron cautivos a Nueva Orleans y fueron acusados de piratas. Por ello también me advirtió que tuviera cuidado, recordándome que los vecinos del norte no son de fiar y son nuestros enemigos naturales. Por cierto, cada vez que recordaba ese incidente se enfurecía y maldecía, echando pestes contra don Benito Juárez porque recurrió a la ayuda extranjera para vencer a los conservadores, de los que "Papachín" era el principal adalid en Veracruz.

El cañonero *Libertad* era uno de los cuatro buques de guerra que tenía el gobierno mexicano. Dos de ellos —el *Demócrata* y el *México*— estaban en la costa del Pacífico, en Mazatlán; los otros dos —el *Independencia* y el *Libertad*— en el golfo, en el puerto de Veracruz. Los cuatro tenían más de veinte años con nosotros. Los habían comprado a Inglaterra en los tiempos del presidente Lerdo de Tejada. El *Libertad* era un buen barco, aunque sus calderas ya no funcionaban muy bien que digamos y les daban mucha lata a los maquinistas y fogoneros. Sin embargo, como tenía aparejo de barca, también podía navegar a vela, lo que me gustaba mucho, aunque se desesperasen los demás tripulantes, que éramos poco más de medio centenar, claro, cuando la dotación estaba completa, lo cual ocurría rara vez porque la deserción estaba a la orden del día. Sus cuatro piezas de artillería sí funcionaban y me espanté la primera vez que escuché un cañonazo.

El tiempo que navegué con don Adolfo Bassó fue muy provechoso para mí, el capitán me tomó aprecio porque fui el único de la tripulación que en esos cinco años no desertó. Bajo su mando fuimos hasta Belice, recorriendo el litoral mexicano del mar Caribe que yo no conocía, pues nunca antes había ido más allá de Sisal. Don Adolfo, todo un caballero, era muy estricto en materia de disciplina y estaba más que dispuesto a demostrar que estaba al frente de una embarcación confiable y leal al supremo gobierno.

El cañonero *Libertad* tenía una historia que había terminado en tragedia. Casi diez años antes de que yo me embarcara, la tripulación de entonces se había amotinado. Tomaron presos a los oficiales y luego los abandonaron en tierra para levantarse en armas en contra del general Porfirio Díaz, quien acababa de tomar posesión de la presidencia de la República. La sublevación del *Libertad* ocurrió en Tlacotalpan y el gobierno dispuso que su gemelo, el *Independencia*, al mando de don Ángel Ortiz Monasterio, saliera en su persecución hasta reducirlo a la obediencia. Lo alcanzó en los bajos de Veracruz y antes de que el *Independencia* lo batiera, los amotinados del *Libertad* enarbolaron la bandera blanca. Ortiz Monasterio los hizo prisioneros y los entregó al gobernador de Veracruz, el general Luis Mier y Terán, quien luego de informar al presidente, recibió de él una terrible orden que decía simplemente "¡mátalos en caliente!" Tuvo que fusilar a todos.

Ésa era la mala fama del *Libertad*, que don Adolfo Bassó quería limpiar. Cuando hablaba del asunto, justificaba el rigor sangriento con que fueron tratados los amotinados, repitiendo cada vez que podía unas palabras que se me quedaron grabadas para siempre: "La Armada siempre es leal al gobierno

23

legalmente constituido". Finalmente, el propio don Porfirio se fijó en los progresos del barco y en el esmero de su comandante. Por ello, decían, condescendió a nombrarle un segundo al mando del cañonero, designando al primer teniente don Hilario Rodríguez Malpica. Don Hilario también venía de la marina mercante, pero contaba con la recomendación de todos quienes lo conocían, incluyendo al propio Bassó, pues dicen que él fue quien lo convenció de que ingresara a la Armada, tal y como lo hizo conmigo.

Hilario Rodríguez Malpica pasaba mucho tiempo en el puente del cañonero, y por ello tuve la oportunidad de platicar muchas veces con él. Debo decir con satisfacción que nunca me llamaron la atención ni don Adolfo ni don Hilario y jamás tuve un arresto. Cuando los tres coincidíamos, se respiraba la camaradería de la verdadera gente de mar.

Los años en que navegué en el cañonero *Libertad* como marinero timonel fueron muy gratos, con jefes notables de los que aprendí mucho. Cuando estaba a punto de vencerse mi contrato de enganche y podía elegir entre seguir en la Armada o retirarme de ella con honor, medité mucho acerca de mi futuro y de lo que quería hacer. Sin embargo, no lo dudé, puesto que todo mi ser deseaba ardientemente continuar en el servicio, formar parte de la milicia permanente de marina y veteranizarme. La Armada sería mi vida.

Un día que regresábamos a Veracruz después de un patrullaje de varias semanas por el litoral caribeño, encontramos atracada en el desembarcadero del castillo de San Juan de Ulúa a la nueva corbeta escuela *Zaragoza*. Como estaba en el sitio donde acostumbrábamos amarrar, fondeamos en el centro de la rada, entre el islote y el muelle. Echamos el ancla mientras todos los tripulantes del cañonero *Libertad* admirábamos la grácil silueta de ese nuevo barco que venía a reforzar a nuestra exigua y famélica flota de guerra. Don Hilario me comentó, mientras hacíamos la maniobra, que en la *Zaragoza* estaba su buen amigo Manuel Azueta, un primer teniente egresado del Colegio Militar de Chapultepec. A los dos los había ascendido el mismo día el presidente de la República, el general don Porfirio Díaz. Les entregó el despacho correspondiente en propia mano y comisionó a don Hilario al *Libertad* y a Azueta a la *Zaragoza*, con la instrucción de que fuera a los astilleros en Francia, junto con otros oficiales, a recogerla.

Horas después, aprovechando que estaba franco, pude visitar la *Zaragoza* y comprobé que el barco era muy bueno y bonito; lo que más me gustó es que podía navegar ya fuera con máquinas o a vela. Lo que no me agradó fue que vi a puros tripulantes ingleses y me enteré de que los oficiales y el comandante eran también de aquella nacionalidad. Luego supe que el capitán Ángel Ortiz Monasterio y los oficiales nacionales que fueron por la corbeta no tenían marineros mexicanos suficientes ni instruidos, así que tuvieron que contratar a la dotación, al menos en cuadro, para conducir la nave a México e instruir a los mexicanos que la tripularían. Eso le contó Azueta a don Hilario, quien también me dijo que el presidente Díaz era tan socarrón y taimado que cuando el capitán Ortiz Monasterio le preguntó qué nombré se le daría a la nueva corbeta, le respondió que se llamaría *Zaragoza*, porque sería bueno recordarles a los franceses, que la construyeron, el nombre del héroe que los había derrotado en la gloriosa Batalla de Puebla, el 5 de mayo, en la que el propio don Porfirio había combatido a los zuavos que huyeron poseídos por el pánico.

Don Hilario y varios otros oficiales de la Armada, como su amigo Azueta, fueron convocados a la Ciudad de México por el presidente. Permaneció varios días en la capital y a su regreso le notificó a don Adolfo Bassó que dejaba el *Libertad* porque lo habían designado capitán de puerto de Veracruz, con el encargo específico de activar la preparación y el avituallamiento de la *Zaragoza*, que volvería a Europa, a España esta vez, para participar en las celebraciones del cuarto centenario del descubrimiento de América, que ya se avecinaban. Al *Libertad* le ordenaron que cediera buena parte de su carbón para la *Zaragoza*, pues no había suficiente en los almacenes de Veracruz. Nuestros marineros y fogoneros tuvieron una pesada fajina para pasar el mineral porque no nos entendíamos con los ingleses.

Cuando le di un abrazo para felicitarlo por su nombramiento y despedirlo de nuestro barco, en donde tan buenos momentos pasamos, don Hilario me dio la gran noticia de que yo también me iría y dejaría el *Libertad*. Me quedé con la boca abierta, azorado. Al ver mi conmoción, don Hilario me explicó que don Porfirio había ordenado que en esa ocasión tan especial la *Zaragoza* fuera tripulada por puros mexicanos, pues como iba en representación del país, ni modo que lo hiciera con marineros ingleses y menos a España, rival de los británicos en materia naval. Y como su amigo Manuel Azueta había sido comisionado a bordo como segundo comandante, andaba preocupado por hallar marineros capaces, le aseguró que no había nadie mejor en toda la Armada que Pepe el Timonel.

No supe qué decir ni pude agradecer por lo emocionado que estaba. Al parecer, la *Zaragoza* sería mi destino. Y mi vida también, como lo sé ahora.

No me sorprendió recibir un recado del primer teniente Manuel Azueta ordenándome que me presentara en el puente de la *Zaragoza* para examinarme. Con el permiso de don Adolfo acudí y, al subir al puente, reconocí de inmediato la figura de Azueta; no lo había visto nunca, pero era fácil identificarlo por su actitud segura y decidida. Me cuadré ante él y sin responder mi saludo entró en materia. Me preguntó si me interesaría formar parte de la dotación de la corbeta escuela *Zaragoza*. De inmediato dije que sí, sin dudarlo un segundo, sólo le aclaré que tendría que renovar mi contrato de enganche, pues estaba a punto de finalizar al haber cumplido los años forzosos. Complacido con mi respuesta, me dijo que tenía la instrucción de reclutarme para el servicio, conservando mi antigüedad, ofreciéndome además el ascenso a cabo de mar, asignado al timón de la *Zaragoza*. Por último, me ordenó que fuera a la capitanía de puerto y viera a don Hilario para que se me suministraran los cuatro uniformes nuevos autorizados para la tripulación: uno de faena, uno de dril, otro de lanilla y otro más de gala, lo cual sí era una novedad. En el almacén, me dieron hasta un chaquetón para el frío.

Yo estaba muy contento porque, además del ascenso, los pesos que ganaría de más me servirían para afrontar los gastos de mi casa, porque mi madre se casaría con un señor en Orizaba y trabajarían en una tienda que él tenía por allá. Andaba con la euforia de su nueva vida, por lo que decidió regalarme la casa que teníamos en Veracruz, en el callejón de las Flores, cediéndomela ante un notario que lo hizo constar en una escritura. Así que yo me había quedado sin madre, pero con una casita, siempre vacía, que mantener y conservar, a la que le tenía cariño porque la había edificado mi padre para nosotros. Entre lágrimas y reclamos nos despedimos; mi madre me dijo que nunca había podido cuidarme ni atenderme porque la fuerza de las circunstancias me había obligado a trabajar. Le respondí que no era para tanto, pues a mí me gustaba mucho la vida de marinero y además me iría a España, lo cual le provocó el llanto. Le prometí que cada vez que pudiera la iría a visitar a Orizaba, lo cual cumplí religiosamente año tras año hasta que murió.

Los siguientes días tuve que aprender, precipitada y malamente, un poco del idioma inglés, porque el capitán Ortiz Monasterio dispuso que el timonel británico que trajo de Europa me explicara las peculiaridades del timón de la *Zaragoza*, que en nada difería al del *Libertad*, salvo que el compás y el telégrafo eran más modernos; pero no podía contradecir a mi nuevo comandante, así que pacientemente atendí las indicaciones, que en un pésimo castellano recibía y yo respondía en un peor inglés. Lo bueno es que nos permitieron salir a practicar en mar abierto y me di cuenta de que la *Zaragoza* era nave dócil, ligera y muy veloz. El timonel británico quedó satisfecho con mi desempeño y así se lo comunicó a su superior, el capitán Reginald Carey Brenton, el jefe del comando de instrucción del barco. También me medí los uniformes nuevos y don Manuel Azueta ordenó que me los ajustaran bien: "El timonel tiene que lucir muy gallardo por si te ve la reina de España", porque la *Zaragoza,* sería su barco escolta en la revista naval en la que participaríamos.

La semana previa a nuestra partida, el primer teniente Azueta me entregó las cartas de navegación del Atlántico para que me familiarizara con ellas y las estudiara. Me contó que él ya había atravesado ese océano varias veces y resultaba muy fácil hacerlo, nada más era subirnos a la corriente del golfo y, casi sin esfuerzo, aunque fallaran las máquinas y las velas no se hincharan, nos llevaría directamente a la península Ibérica. Mientras yo leía con detenimiento esos mapas, Azueta hacía los cálculos relativos a cuánto nos duraría el carbón y concluyó recomendándole al capitán Ortiz Monasterio que recaláramos en La Habana para repostar tanto a la ida como a la vuelta, porque los sollados de la *Zaragoza* no tenían la capacidad para contener suficiente combustible para un viaje de tanta distancia; hacerlo en las islas Azores significaría alejarnos de la corriente y de la ruta natural. Mientras escuchaba cómo discutían las diversas opciones, yo no dejaba de agradecer a Dios y a mis jefes por la oportunidad de este viaje que prometía ser muy interesante y de mucho provecho para mí y para mi carrera en la Armada.

La víspera de que zarpáramos de Veracruz, fui a hacer el último intento ante lo que ya consideraba un amor no correspondido. Yo pretendía a una señorita que no me hacía caso. La había conocido años atrás, en alguna ocasión que la *Libertad* entró a carena para limpiar sus fondos y pude acompañar a mi madre a una fiesta en la que me quedé prendado. Luego la dejé de ver porque volví a embarcarme y ella se fue a Jalapa a estudiar para maestra en la nueva escuela Normal. Según se sabía en todo el puerto, le había ido muy bien y recibió las felicitaciones del profesor Enrique Rébsamen, quien la había propuesto para que ocupara una plaza en una de las escuelas de Veracruz recién abierta.

Cuando la volví a ver, me pareció todavía más hermosa y me puse a averiguar sobre ella; gracias a mi madre me enteré de que pertenecía a una familia humilde, de esas muy trabajadoras y que había obtenido una beca del gobierno del Estado para estudiar, porque desde chica se había destacado como una buena estudiante. Esto me animó más, porque al verla tan distinguida, imaginé que podría estar a mi alcance si yo me afanaba. María de la Luz me explicó después que las maestras debían vestirse así, para verse serias y elegantes. Mi madre le veía un inconveniente: que era algunos años mayor que yo, pero eso a mí no me importó; indagué sobre sus costumbres y supe que tenía otros pretendientes; cada vez que obtenía alguna información, siempre favorable, me decía a mí mismo que ella era la mujer que me convenía para casarme.

Me propuse entrar en amores con ella, pero no se dejaba conquistar y, por más lucha que hacía, ella no cedía. Cuando platicábamos, afirmaba que no le importaba el dinero, ella quería un hombre bueno y como no había encontrado a nadie así, no se había casado. Me animé y le hice la proposición de que fuéramos novios y nos casáramos, pero me rechazó de inmediato diciéndome que jamás estaría en casa, andaría todo el tiempo en la mar y recordó el refrán: los marineros en cada puerto tienen un amor. Caramba, yo no había vuelto a ver a nadie, ni a la señora de Sisal, desde que entré a la Armada. Volví a insistirle un par de veces pero ella volvió a rechazarme. Y en cada ocasión, me repetía la misma cantaleta de que no se casaría con un marinero que en cada puerto tuviera un amor.

Total, ya a punto de desanimarme y con el pretexto de que me iría a España por varios meses, la fui a visitar, jurándome que sería la última vez que le rogaba. Ese mismo día el notario me había entregado la escritura de la casita que había sido de mis padres. Decidí dársela a ella como prueba de mi amor, argumentándole que también había un refrán que decía que "casa sin mujer y barco sin timón, igual son"; como yo ya tenía una casa, la del callejón de las Flores, que estaba vacía, y además era timonel de un barco, lo único que me faltaba era una mujer. María de la Luz rio de buena gana y al menos conseguí algo: no me rechazó, sino que me prometió que a mi regreso de España me tendría una respuesta. Al día siguiente, cuando la *Zaragoza* soltó amarras del muelle de Veracruz, me di cuenta de que entre la mucha gente que estaba allí despidiendo a los tripulantes, ella agitaba un pañuelo blanco.

La *Zaragoza* se deslizaba por el golfo de México cuando el vigía en la cofa gritó que alcanzaba a ver a lontananza el castillo del Morro, señal de que habíamos llegado a La Habana, en donde repostaríamos carbón. El capitán Ortiz Monasterio no permitió que desembarcara más que el personal necesario para esta operación, pero prometió que al regresar de España dispondríamos de un par de días para conocer la capital cubana. Refunfuñando, muchos oficiales y tripulantes, ansiosos de probar ron y de comprar puros, tuvieron que aguantarse. Entre ellos estaba un joven aspirante de primera, que hacía poco había salido del Colegio Militar de Chapultepec; lo habían comisionado en nuestro barco para realizar las prácticas profesionales que le permitieran ascender a subteniente de la Armada. Me hice su amigo durante la breve travesía que nos llevó a Cuba. Se trataba de Othón Pompeyo Blanco, un impetuoso muchacho tamaulipeco, a quien el comandante Ortiz Monasterio asignó al puente de mando para que fuese auxiliar del oficial de derrota, el primer teniente Manuel Azueta. Departí muchas horas con él, sobre todo, porque quise doblar o triplicar mis guardias, pues no quería separarme del timón ni un instante, más que nada porque se trataba de mi primera travesía intercontinental.

El carácter alegre y bullicioso del joven Othón, quien prefería que no lo llamaran por su segundo nombre porque le parecía demasiado romano y mitológico, era compensado por su profesionalismo, por el cuidado con que atendía las instrucciones de Azueta y por el esmero que ponía en estudiar los problemas prácticos que su superior le planteaba. Era un placer mirarlo tomar la altura del horizonte al mediodía, así como verlo hacer los cálculos sobre las cartas de navegación. Él fue el primer sorprendido de la pericia con que Azueta llevó la corbeta, sin error alguno en cuanto al curso a seguir, hasta la mera entrada del puerto de La Habana. La admiración que el joven aspirante de primera sentía por don Manuel era bien retribuida.

Salimos de La Habana y buscamos con éxito la corriente del golfo, tanto para ganar velocidad como para ahorrar carbón. Después de varios días de navegación con la mar en calma, avistamos la costa de Portugal y, poco después, el puerto de Sanlúcar de Barrameda en el estuario del río Guadalquivir. Allí nos detuvimos, nuevamente para repostar combustible y esperar a que abordara el práctico que la Armada Española nos había asignado para remontar el río rumbo a Sevilla, ciudad que sería el centro de las conmemoraciones del cuarto centenario del descubrimiento de América.

Así conocimos a Paquito, un viejo contramaestre que conocía el Guadalquivir como si fuera su casa porque él era andaluz; hablaba todo ceceado y muy rápido, así que me costó al principio seguir sus indicaciones. Seguimos con cuidado el curso del río, pues no era cosa de embarrancar en sus bajos, mientras los oficiales en el puente, tanto el capitán Ortiz Monasterio y el primer teniente Azueta, que ya habían navegado por él cuando servían en la Armada Española, le narraban a Othón P. Blanco que esa vía fluvial había sido de suma importancia durante la época colonial. Por allí habían salido los conquistadores en su viaje de ida a la América española, y de regreso por allí subían los galeones cargados hasta el tope del oro americano. A cada comentario histórico Paquito asentía como si fuera un conocedor de todos esos detalles; luego descubrimos que sabía mucho, pues había trabajado como mozo en lo que había sido la casa de contratación de Sevilla, lugar por el que entraban y salían las naos que hacían la ruta americana.

Cuando fondeamos en Sevilla, frente a la Torre del Oro, y una vez que echamos el ancla, se acercó una lancha en la que venía a bordo un almirante español a darnos la bienvenida. Le hicimos los honores correspondientes al silbato y a la campana y luego, desde el puente, supimos por voz de Paquito, que se trataba de don Luis Hernández Pinzón Álvarez, designado por la Armada Española como jefe de las operaciones navales de las festividades del cuarto centenario. Se entrevistó en cubierta con el capitán Ortiz Monasterio y, cuando se retiró, nuestro comandante nos transmitió las órdenes que había recibido, la primera de las cuales ya sabíamos: que la *Zaragoza* sería el buque escolta del crucero de guerra español, el *Conde del Venadito*, en el que viajarían la reina regente de España, doña María Cristina, y su hijo Alfonso, el príncipe de Asturias. El almirante Pinzón también le comunicó que la propia reina pedía que un oficial del barco mexicano fuese su edecán personal durante las actividades navales, y Ortiz Monasterio designó a don Manuel Azueta para que cumpliera con dicha misión, para lo cual se trasladaría al *Conde de Venadito*. Paquito me diría con aire de superioridad, como para que yo me ilustrara, que el almirante era descendiente directo de los hermanos Pinzón, los que acompañaron a Cristóbal Colón en el viaje de descubrimiento al mando de las carabelas la *Niña* y la *Pinta*. Se sorprendió cuando le dije que en México a todos los niños se les enseñaba eso.

Empavesada con gallardetes y banderines en todos sus palos, la *Zaragoza* lucía muy bien cuando zarpamos de Sevilla escoltando al *Conde del Venadito*, en el que viajaba la reina de España y, con ella, nuestro primer teniente don Manuel Azueta, quien luego nos contaría que su trabajo consistió en estar atrás de la monarca todo el tiempo, ayudarla a subir o descender de las escalinatas y hasta tomarla del brazo para abordar y para desembarcar, además de recibir las flores que le daban a la reina o las cartas, mismas que entregaba a un oficial español que lo asistía. Paquito quiso darme otra lección de historia mientras navegábamos río abajo, porque me explicó que el crucero *Conde del Venadito* debía su nombre al título de nobleza con que el rey había distinguido al capitán general de la Real Armada, don Juan Ruiz de Apodaca, hacía mucho tiempo. Apenas iba a decirle que ya lo sabía también, cuando Othón P. Blanco salió al quite para explicarle a nuestro práctico andaluz que Apodaca había sido el virrey de la Nueva España; el rey lo había premiado con tan ridículo nombramiento porque en una miserable ranchería de ese nombre en Guanajuato, las tropas realistas habían capturado al guerrillero español Xavier Mina, que había ido a México a pelear por nuestra independencia y lo fusilaron por órdenes del mismísimo Apodaca. Paquito se vio obligado a aceptar que en materia de historia nosotros estábamos a la par de él; nunca pensó que los mexicanos fuéramos tan educados, porque él nos imaginaba con plumas y comiendo carne humana, como decían las crónicas de los conquistadores que había leído en los archivos de la casa de contratación de Sevilla. Para compensarnos, nos ofreció que al regresar a puerto nos llevaría a celebrar con unas amigas suyas que tenían un tablao flamenco.

Yo seguí con el timón firmemente asido en las manos, siguiendo la estela del *Conde del Venadito*, mientras Paquito me indicaba algunos accidentes del río, así como sus afluentes. Desembocamos al océano nuevamente por Sanlúcar de Barrameda, donde las fortificaciones rindieron honores con sus baterías a la monarca, las que respondimos nosotros al cañón, porque nos enteramos de que el *Conde del Venadito* había sido desartillado y sus torres desmontadas para dar espacio a la comitiva real y a las ceremonias que allí se efectuarían. Al salir al mar viramos a babor, con rumbo al norte, para llegar pocas horas después a Palos de Moguer, de donde habían salido Colón y sus tres carabelas cuatro siglos atrás. Allí desembarcó la reina para inaugurar un monumento cerca del monasterio de La Rábida, que se alcanzaba a ver desde la *Zaragoza* en un promontorio. Luego, cuando levamos anclas, salimos de la rada de Palos de nuevo al mar y presencié un gran espectáculo, pues se habían reunido naves de guerra de varias naciones —se veían las banderas británicas, norteamericanas y francesas— a las que pasó revista la reina de España desde el *Conde del Venadito*. Al finalizar, proa al sur, nos dirigimos de nuevo a Sanlúcar y de allí nos internamos en el Guadalquivir para ir a atracar a Sevilla.

Una vez que echamos anclas, otra vez frente a la Torre del Oro, una gran lancha totalmente adornada se nos acercó por la banda de estribor. De inmediato, al darse cuenta, el capitán Ortiz Monasterio ordenó a toda la tripulación uniformarse de gala; nos dio sólo dos minutos para hacerlo, y lo conseguimos. La reina doña María Cristina había manifestado su deseo de pasar a saludar y a agradecer a la dotación de la *Zaragoza*, "su barco mexicano", como ella lo llamaba, el que hubiésemos sido su escolta. Ayudada por don Manuel Azueta, subió a bordo y muy sonriente saludó a todos los marineros formados mientras se escuchaban los honores al silbato. El capitán Ortiz Monasterio fue presentando a cada uno por su nombre. Cuando llegó a donde yo estaba, dijo que tenía el honor de presentarle a "Pepe el timonel"; la reina rio de buena gana, diciendo que tenía un nombre muy castizo. Luego, al retirarse, invitó al comandante de la *Zaragoza* y a sus oficiales al gran baile que le ofrecerían esa noche en el palacio de San Telmo.

Todos los oficiales acudieron con su uniforme de gala al elegante baile, todos menos uno, Othón P. Blanco, a quien el capitán dejó como oficial de guardia. Como yo estaba franco y tampoco era cosa de quedarme a acompañar al joven aspirante, acepté la invitación de Paquito para ir con él a ver a las gitanas que bailaban en el tablao de los Gallos, el tugurio aquel donde todo era música, gemidos de cante jondo, sonar de castañuelas, taconazos, bebida en demasía, harta comida, puñetazos entre los marineros que allí abundaban y, sobre todo, muchas mujeres cuyos escotes eran de lo más tentador. Ellas le bailaban a uno encima de la mesa, abriendo sus enaguas y enseñando sus piernas y mucho más. Afortunadamente, yo entraba de servicio hasta el día siguiente, así que pude estar allí buena parte de la noche y luego amanecer en el piso de arriba.

A la hora de zarpar de Sevilla, tuvimos que demorar nuestra salida porque faltaba uno de los oficiales. En el pase de lista se notó su ausencia y el capitán dispuso que lo esperáramos, pero además envió a Othón P. Blanco a buscarlo, con el pretexto de que así conocería la ciudad, que no pudo visitar la víspera. Cuando regresó, informó que no sabía nada del paradero del primer teniente Manuel Azueta, nadie tenía noticia de él. Horas más tarde, un oficial de la Armada Española se apersonó en la *Zaragoza* para decirnos que la monarca aún lo tenía a su servicio y pedía se disculpara su retraso. Don Manuel regresó hasta el amanecer del día siguiente, el capitán Ortiz Monasterio contuvo su enojo y evitó todo comentario porque en el puente todavía estaba Paquito, guiándonos en ese recorrido de despedida por el Guadalquivir. Nos despedimos de él en Sanlúcar y prometió que nos escribiría porque ya éramos sus amigos. Entonces el capitán Ortiz Monasterio dictó sus disposiciones: poner proa al sur para incorporarnos nuevamente a la corriente del golfo.

Mientras Azueta se inclinaba sobre las cartas de navegación para trazar la ruta, en presencia de Othón P. Blanco y la mía, don Ángel no se aguantó más y le preguntó dónde había pasado esas dos noches fuera de la *Zaragoza*. Azueta, nervioso, sólo alcanzó a balbucear que la reina le había pedido que la acompañase mientras estaba en Sevilla y como las órdenes que él había recibido eran precisamente las de atender en todo a doña María Cristina, pues él sólo había obedecido. Ortiz Monasterio, que había vivido largo tiempo en España, le dijo a Azueta que era bien sabido que la reina gustaba de los mexicanos y se decía que tenía verdadera afición por ellos, como ejemplo estaba el anterior embajador de México, el general don Ramón Corona. Se decía que era tanta la intimidad que tuvo él con su majestad, que necesitaba consuelo, pues recién había enviudado e incluso se murmuraba que él era el verdadero padre de Alfonso, el príncipe de Asturias. Años después comparé una fotografía de Corona con las del rey Alfonso XIII y corroboré que el parecido era tal que efectivamente parecían padre e hijo.

Mientras escuchaba, Azueta, colorado como se puso, sólo recibió del comandante una palmada en el hombro y un silbido de admiración de Blanco. Yo guardé silencio y sólo canté el rumbo cuando la *Zaragoza* ya surcaba por las aguas que nos conducían al cabo Trafalgar. A nuestra llegada, don Ángel reunió a todos los oficiales y marineros en cubierta para decirnos que casi un siglo atrás esas mismas aguas habían sido el escenario de una de las más importantes batallas navales de la humanidad. Las escuadras combinadas de Francia y España habían sido vencidas por la escuadra inglesa, al mando del gran almirante Horacio Nelson, quien tenía su insignia en el navío *Victory*, que todavía se conserva en la ciudad de Londres. El propio Nelson había muerto en el combate y, en memoria de todos los caídos, la *Zaragoza* dispararía un cañonazo y arrojaría al mar una corona de flores con una cinta en la que estaba escrito el nombre de nuestro barco. Así lo hicimos mientras los condestables disparaban una salva y escuchábamos el silbato y la campana rindiendo honores. Más tarde, ya en el puente, Ortiz Monasterio nos dijo que en la batalla de Trafalgar había participado un marino mexicano, con el grado de alférez de fragata, el campechano Pedro Sainz de Baranda, el único compatriota nuestro que había estado en un combate naval de tal envergadura, formando parte de la tripulación del gigantesco navío de guerra *Santa Ana*, que portaba ciento doce cañones. A él debíamos la consumación de la Independencia, pues al mando de la escuadrilla naval mexicana bloqueó al castillo de San Juan de Ulúa y rechazó a la flota que buscaba reforzar la posición española, obligando a los defensores de la fortaleza a capitular.

Pasamos de largo por las islas Canarias, que vimos a estribor, y seguimos las singladuras hasta llegar nuevamente a La Habana un par de semanas después. Esta vez sí nos dejaron desembarcar. Mientras los oficiales hacían las visitas de cortesía a los mandos de la base naval española, nosotros, los tripulantes, a quienes nos dieron francos un par de días, fuimos a recorrer esa hermosa ciudad que, según muchos, se parecía a Veracruz. Vimos los baluartes y las murallas y apreciamos las fortificaciones a lo largo del canal que conduce al puerto, que de noche cierran con una gran cadena; adentro, las enormes dimensiones del fondeadero nos impresionaron. Los cubanos fueron muy amables con nosotros, por todas partes nos ofrecían comida, ron y hasta puros nos regalaban. Las cubanas también fueron muy entusiastas y muy bien dispuestas con los marineros mexicanos, especialmente las mulatas del puerto, que ofrecían pensión por una noche con alimentos, buen ron, buena cama y buena compañía. Desde entonces me gustó La Habana y siempre que he podido he regresado.

Pero llegó la hora de zarpar, ya con los sollados repletos de carbón, hacia a la patria. Cuando atracamos en el muelle de Veracruz, me di cuenta de que entre la gente, agitando un pañuelo blanco, estaba una bella maestra que venía a recibirme.

SEGUNDA PARTE

AVANTE TODA

Desembarcamos en Veracruz. En cuanto pude, fui corriendo por la respuesta que ansiaba. Fue la que yo esperaba y podía ya empezar a hacer planes para mi matrimonio y aproveché los días francos que nos concedieron a todos los tripulantes que habíamos viajado a España, pues según nos dijeron, el gobierno mexicano estaba muy complacido con nosotros. Me presenté ante los padres de María de la Luz y mi suegro puso cara de circunstancia cuando le dije que quería casarme con su hija y sólo se limitó a responder que ella ya estaba lo suficientemente grandecita para saber lo que hacía. La llevé a ver mi casa, la casa de mis padres, la del callejón de las Flores, que ahora sería nuestra, y ella de inmediato comenzó a discurrir cambios de pintura, de muebles y pensó en derribar un par de paredes para ampliar la estancia. Nos fuimos a pasear todas las tardes a los portales, la presenté con mis compañeros de la *Zaragoza* y con don Manuel Azueta, a quien comprometí para que fuera mi padrino de bodas. Él debía ir a México a recibir órdenes, por lo que me pidió que la ceremonia fuera hasta su regreso. En realidad, ella me había dicho que no corría prisa, pues si había esperado por años bien podía prepararse todo de tal manera que estuviera lista la casa, pues unas semanas más no importarían.

Pero no fueron semanas sino meses, y no pudimos habitar la casita de Veracruz sino hasta años después, porque el destino se interpuso, pues al presentarme de nuevo a la *Zaragoza*, me encontré con el ascenso de don Manuel Azueta a teniente mayor, adscrito ya oficialmente como segundo comandante de la corbeta, además de que Othón P. Blanco fue promovido a subteniente de la Armada y asignado como oficial de derrota de la propia *Zaragoza*. Don Ángel Ortiz Monasterio dejaba el mando y lo relevaba el capitán inglés don Reginald Carey Brenton, que tendría como su adjunto a otro británico, el también capitán Charles Beresford. Don Hilario Rodríguez Malpica sería enviado como capitán de puerto a Tampico, a donde viajaría la *Zaragoza* para llevarlo y disponerse a la nueva misión, pues en el puerto jaibo se le pintaría, avituallaría y se le harían algunas mejoras y modificaciones para que estuviera lista para el periplo.

Confieso que me espanté, pues periplo se emplea para describir un viaje de navegación alrededor de algo. Al ver mi cara de preocupación, Azueta me dijo que el presidente de la República, habida cuenta de cómo la *Zaragoza* había representado a México en España, ahora deseaba que la presencia de nuestra patria surcara todos los mares llevando nuestra bandera y nuestro buque a los países amigos. ¡Daríamos la vuelta al mundo! Me emocioné a la vez que un sentimiento de tristeza me embargó. Dos sensaciones diferentes y contradictorias a la vez me tenían atenazado. Al notarlo, Azueta, me dijo que no era obligatorio ir al viaje. Seguramente, me alentó, en el cañonero *Libertad* me recibirían con los brazos abiertos tomando en cuenta mi gran experiencia en el timón. Pero yo no podía renunciar, pues algo dentro de mí me decía que esa era la oportunidad de hacer un gran viaje, que jamás volvería a presentárseme, conocería muchísimos lugares y, lo mejor de todo, podría empuñar el timón navegando por todos los océanos. Azueta, dándose cuenta de lo que yo pensaba, me dijo que iríamos primero al sur, por la costa sudamericana, para luego pasar el estrecho de Magallanes y salir al Pacífico, para más tarde ir al Japón, bajar luego al océano Índico y entraríamos al mar Mediterráneo por el canal de Suez para salir por Gibraltar y cruzar al Atlántico.

Pero había una voz que me decía que perdería a la mujer de mi vida; si me iba a darle la vuelta al mundo, a lo mejor no la volvería a ver, ella no me lo perdonaría y mucho menos me esperaría; mis sueños de abrazarla y vivir con ella naufragarían; ya era tiempo de sentar cabeza y establecerme, tener hijos y gozar de la paz del hogar. Esa voz me daba otras miles de razones que estallaban a gritos en mi cabeza.

Cuando la *Zaragoza* soltó amarras y se separó del muelle de Veracruz, no había nadie para despedirme. Busqué con la mirada entre los cientos de personas que estaban allí diciéndole adiós a sus seres queridos que zarpaban para una singladura que nos llevaría ¿uno?, ¿dos años?, y no encontré el rostro amado. En realidad lo sabía desde la víspera, cuando María de la Luz y yo tuvimos una seria y muy triste discusión acerca de nuestro futuro. Yo le supliqué que me esperara y ella me respondió que no estaba dispuesta a pasarse la vida esperando a un hombre que siempre estaría en el mar, y eso sin contar con la angustia de imaginar que en cada puerto pudiera tener otro amor. Le hice notar que eran muchas las mujeres casadas con jefes, oficiales y marineros que apoyaban la profesión de sus esposos, y ella me replicó de inmediato negando su parecido con esas mujeres respetables que podían vivir sin el hombre que habían elegido. Yo sólo pude decirle que me daba mucha pena que me pusiera entre la espada y la pared y que de una vez por todas y para siempre quería que le quedara claro que la amaba, pero que también amaba el mar y a la Armada y ni ruegos ni llantos ni recriminaciones me harían apartarme de mi vocación. Así terminó nuestra conversación, ella con una rabia mal disimulada y con los ojos inundados de lágrimas y yo herido y enojado, pero lamentando la situación, sobre todo porque no quería ni perderla a ella ni perder el viaje alrededor del mundo. Pero al parecer no se podían ambas cosas.

En el puente de la *Zaragoza*, mientras navegábamos con rumbo a Tampico, todos los presentes respetaron mi silencio y mi dolor. De cuando en cuando se asomaban por allí los capitanes ingleses Brenton y Beresford, que confiaban plenamente en la capacidad y habilidad de Azueta para conducir la nave, mientras ellos se ocupaban, con los otros catorce oficiales y marineros británicos, de aprender el castellano apresuradamente, porque su misión consistiría en capacitar, a lo largo de la travesía terráquea, a la tripulación mexicana. Cuando llegábamos a la desembocadura del Pánuco, desde la orilla nos hicieron señales preguntándonos si necesitábamos un práctico para surcar los meandros del río y atracar en los muelles que están cerca de la plaza de armas de la ciudad. Cuando el capitán Brenton inquirió a don Manuel Azueta, éste le respondió, haciéndome un guiño, que los barcos de la Armada entraban solos a puertos mexicanos sin necesidad de prácticos que nos ayudaran, aunque un instante después me preguntó si yo podría hacerlo. Se tranquilizó cuando le dije que al timón de la balandra *Tecolutla* y del cañonero *Libertad* muchas veces había atracado en Tampico.

Le dieron una buena mano de pintura a todo el casco, la cubierta, puente y demás estructuras de la *Zaragoza* y quedó como nueva. Luego, llegaron las cajas con municiones para sus ocho piezas de artillería, cuatro de 100 mm del 50, dos también de 100 mm del 43 y dos más pequeñas de 57 milímetros. Los condestables se dieron cuenta de que eran puros cartuchos de salva; Othón P. Blanco les dijo que no íbamos a la guerra, pero que dispararíamos mucho porque en cada puerto tendríamos que responder con nuestros cañones los saludos que nos hicieran. Más tarde nos surtieron de provisiones, suficientes para varios meses de navegación, mientras que del agua no tendríamos de qué preocuparnos, pues la tomaríamos del mar, ya que llevábamos a bordo una máquina para desalinizarla y purificarla Al último, porque la polvareda es espantosa, llegó el carbón, y nuestros fogoneros y cabos de hornos llenaron con él las sentinas y sollados, mientras el resto de la tripulación disfrutó sus últimos días en el puerto.

Muy temprano echaron a andar las máquinas de la *Zaragoza* levantando presión para que al filo del mediodía estuviera lista para zarpar. Ya se habían retirado las escalas de cubierta para bajar a tierra cuando don Manuel Azueta llegó muy alegre al puente tarareando unas frases que no puedo olvidar: una dama enamorada busca a Pepe el Timonel, pero me advirtió que ya no podía bajar. No era necesario. Corrí a la cubierta y entonces vi el rostro más hermoso del mundo. Era María de la Luz sonriente, quien a gritos, porque el silbato ronco de la *Zaragoza* comenzaba a ulular, me dijo que me esperaría. No pude contestarle de la emoción; ella me mandaba besos; al segundo pitido del silbato me retiré y me fui al puente, desde donde pude ver que ella agitaba su pañuelo blanco.

Con gran precisión, conforme a la ruta trazada, atravesamos el golfo de México y salimos por el canal de Yucatán para poner proa al mar Caribe, que cruzamos de un extremo al otro para llegar a la isla de Barbados, donde repostaríamos carbón. Arribamos directamente a su capital y puerto principal, Bridgetown, tras diez singladuras a todo vapor, porque teníamos el mar en contra y la *Zaragoza* tuvo que forzar las máquinas, pues no podíamos auxiliarnos con el velamen porque el viento soplaba de frente. Finalmente llegamos y mientras cargaban el carbón, aprovechamos para conocer ese lugar tropical, que es colonia británica y está poblada en su mayor parte por negros, descendientes de los antiguos esclavos que los ingleses trajeron para trabajar en los cañaverales.

Luego nos lanzamos atrevidamente al Atlántico, con rumbo al sur, esperando llegar en ocho días más a la costa del Brasil, a la bahía de Todos los Santos. Afortunadamente disfrutamos de buen mar y de un calor que aumentaba conforme nos acercábamos a la línea ecuatorial. Poco antes de cruzarla, el capitán Beresford anunció que habría una ceremonia solemne para bautizar a los neófitos que por primera vez pasaban de un meridiano al otro; es decir, toda la tripulación mexicana. Eran casi las nueve de la noche cuando comprobamos que estábamos ya en la latitud 0° a una temperatura de más de 30 grados, y en eso, un cañonazo tirado desde la pieza de proa nos anunció que el dios Neptuno subía a bordo. Y apareció uno de los marineros británicos, el más viejo y barbón, disfrazado de Poseidón, acompañado por otros de sus compañeros, también en atuendo mitológico, y se dirigieron al alcázar del barco, en la popa, mientras Azueta me explicaba que ésa era una tradición de la marina inglesa y teníamos que participar en ella; me di cuenta de que Othón P. Blanco estaba muy molesto y no le hacía gracia esa fiesta de disfraces. Luego, llamaron a formar a todos a cubierta y en presencia nuestra el capitán Beresford le entregó el mando de la nave a Neptuno, dándole, como si fuera el cetro de mando, un catalejo. Enseguida Neptuno, que ya hablaba un castellano entendible, nos dijo que todos los marineros primerizos, incluidos oficiales, deberíamos desfilar a lo largo de la cubierta de la *Zaragoza* "a veinte uñas", o sea a gatas, como decimos nosotros, con la pena de que aquel que osara negarse, sería castigado con enjabonamiento y trasquilado. Ordenó que iniciara la fiesta con un toque de corneta que, según decían, era la marcha triunfal de alguna ópera, pero que se escuchaba muy desafinada. Al primero que las deidades marinas obligaron a arrodillarse y arrastrarse por la cubierta fue al segundo comandante, el teniente mayor Azueta, y luego a todos los oficiales, aspirantes, clases y marinería. Por supuesto, yo me discipliné e hice lo que me mandaron. El único que se negó fue el subteniente Othón P. Blanco, y a pesar de sus gritos y enojo, fue sometido por tres fornidos ingleses, enjabonado en la cabeza y luego rapado por completo.

47

Entre las carcajadas de toda la dotación, de pronto, Neptuno ordenó algo que no escuché, pero todos sus cómplices tomaron las mangueras del barco y comenzaron a arrojarnos agua a presión, empapándonos y, sin querer, refrescándonos. Como a las once de la noche, el capitán Beresford impuso el orden y ordenó llamar a rancho, terminándose la divertida fiesta en la que el único que la pasó mal fue mi subteniente Othón. Así, de esta manera inolvidable, crucé por primera vez el ecuador.

A los pocos días llegamos al puerto de Salvador, en la boca de la bahía que da nombre a esa provincia brasileña. Allí sólo nos detuvimos para repostar carbón, pero eso no fue óbice para que yo reparara en algo singular: la ciudad y su promontorio se me asemejaban al peñón de Gibraltar que había visto a lo lejos cuando fuimos a España. La otra novedad que ocurrió fue que el capitán Beresford desembarcó a causa de algún mal. Tomó el mando ejecutivo de la nave su comandante superior, el capitán Reginald Carey Brenton. Luego, tras seis días más de navegación, entramos al estuario del río de la Plata y llegamos al puerto de Montevideo, capital de la República Oriental del Uruguay, donde nuestro gobierno dispuso que pasáramos a repostar y a cumplimentar a sus autoridades navales, aunque yo hubiera preferido que lo hiciéramos en Buenos Aires, que me decían era una gran ciudad. Fue difícil la entrada al río de la Plata, porque la fuerte corriente unida al viento en contra nos dio un golpe que levantó la *Zaragoza* y obligó a que toda la tripulación cerrara de emergencia las escotillas de los sollados para impedir el paso del agua, que barrió toda la cubierta. Para colmo, fondeamos a tres millas frente a la ciudad porque se nos avisó que había cuarentena para los barcos que venían de algún puerto del Brasil, así que no pudimos desembarcar, ni tampoco nuestros artilleros dispararon sus salvas y con trabajos pudimos conseguir que nos dieran carbón, quizá porque los uruguayos temían que trajésemos alguna epidemia. Por eso decía yo que hubiera sido preferible atracar en Buenos Aires.

Proa al sur, con rumbo al estrecho de Magallanes para recalar en Punta Arenas. Dejamos el agradable calorcito del Plata para poco a poco ir enfriándonos con los vientos gélidos que vienen del Ártico. Entramos al estrecho dando bandazos, en medio de una tormenta de granizo y con un frío de los mil diablos. ¡Qué bueno que nos dieron un chaquetón que nos protege de estas temperaturas! Los oficiales, con sus largos abrigos negros y las manos enguantadas parecen soportarlas mejor, aunque yo prefiero no ponérmelos para "sentir" el barco en la rueda del timón. Azueta me indicaba el rumbo a seguir para que maniobráramos con seguridad. Él nunca había pasado el estrecho, pero le pidió al capitán Brenton autorización para seguir en el puente al mando. El inglés, más dado a leer la Biblia que a dar órdenes, se lo permitió aunque se quedó con nosotros en el puente. Así mientras yo cantaba el rumbo cada vez que lo alcanzábamos, Azueta miraba sus cartas y me daba sus órdenes, y Othón P. Blanco hacía los cálculos y trazaba la zigzagueante ruta, Brenton con un ojo al gato y otro al garabato nos observaba cuidadosamente y, de cuando en cuando, emitía algún sonido de aprobación a las maniobras que realizábamos.

Llegamos a Punta Arenas, puerto chileno que nos recibió con algarabía. Como nuestro país guarda las mejores relaciones de amistad con Chile, el trato que nos dieron fue de gran cordialidad y hasta opíparo, pues llevaron a toda la tripulación a tierra, a un restaurante de comida alemana muy famoso, donde comimos salchichas y bebimos cerveza en abundancia. A los oficiales los atendieron también de manera notable, les dieron una elegante recepción que los obligó a usar su uniforme de gala. Por supuesto, al entrar y al salir de Punta Arenas, en respuesta a las baterías del crucero *Magallanes*, de la Armada Chilena, nuestros artilleros se dieron gusto tirando sus salvas. Yo no sabía la historia, pero Azueta me dijo en algún momento que México y Chile son amigos desde antes de la independencia, porque los chilenos, que estaban a las órdenes de los libertadores José de San Martín y Bernardo O'Higgins, ordenaron a la escuadra de combate de Chile, al mando del almirante inglés Cochrane, que fuera a nuestra patria a apoyar a los insurgentes. Al llegar a Acapulco se enteraron de que se había consumado nuestra independencia, y el almirante ofreció sus barcos, entre los que estaba el famoso e histórico *Esmeralda*, para llevar la noticia a toda la costa mexicana del Pacífico, llegando hasta la península de la Baja California.

Dejamos atrás la hospitalidad de Punta Arenas y nos dispusimos a navegar por la parte más angosta del estrecho y sus canales, para dirigirnos hacia el océano Pacífico, por la misma ruta que siglos atrás siguió, descubriéndola en realidad para los europeos, Fernando de Magallanes, el primero que intentó darle la vuelta al mundo, tal y como nosotros queríamos hacerlo, a un tercio de velocidad, pues no deseábamos estrellarnos con algún risco o con las piedras sumergidas. Azueta y Blanco revisaban con lupa sus cartas de navegación y nos adentramos por esos parajes tan desolados, hasta que de pronto unos ruidos extraños llamaron la atención a toda la tripulación que salió a asomarse a las barandillas de cubierta. ¡Eran las focas que nos saludaban alegres! Y luego se tiraban clavados como para lucirse ante nosotros. Todos se divertían con el espectáculo menos yo, porque alcancé a ver los primeros témpanos flotantes, mientras Azueta me advertía que debía esquivarlos porque sus aristas son tan duras y cortantes que podrían rebanar nuestro casco. Logramos pasarlos sin novedad cuando ingresamos a un canal verdaderamente angosto, donde podíamos tocar casi las paredes de una banda y de la otra. El capitán Brenton ordenó que se disparara un cañonazo desde la popa y pudimos escuchar el sonido rebotado infinidad de veces en las altas paredes de los acantilados. Brenton explicó a quienes estábamos en el puente que había sido el propio Magallanes el primero en tirar un arcabuzazo en ese lugar, lo cual ya se había convertido, con el paso de los siglos, en una tradición naval que todos los buques militares del mundo que por allí navegaban, cumplían religiosamente.

Llegamos al puerto de Chacabuco, donde fuimos recibidos festivamente a pesar del intenso frío que se sentía. Una vez más los cañonazos de rigor y luego nos ofrecieron pescados y mariscos que nunca antes había visto, machetes, anchovetas, reinetas y otros más. Mientras repostábamos, un chalán que nos traía provisiones se acodó a la *Zaragoza*. Los marineros de ambas embarcaciones hacían el traslado de los víveres cuando el subteniente Othón P. Blanco se dio cuenta de que uno de los chilenos traía un acordeón; le pidió que tocara algo, seguramente fue un tango. A Othón le pareció tan triste esa música que le pidió prestado el instrumento al marinero chileno y se lo pasó a uno nuestro que era su paisano y que sabía tocar redovas y huapangos. Comenzó la música más alegre y de pronto, mientras todos titiritábamos de frío, el subteniente nos dijo que para entrar en calor no había nada mejor que bailar, y se puso a ejecutar un zapateado tamaulipeco que arrancó los aplausos de chilenos, mexicanos e ingleses. Cuando estábamos a punto de salir al Pacífico, el capitán Brenton le impuso un arresto a Othón P. Blanco por su comportamiento demasiado alegre, festivo y desordenado durante el servicio.

Chile es el país más largo de la tierra, con un litoral que mide más de cuatro mil trescientos kilómetros. La *Zaragoza* navegó por esas regiones que van desde la más helada en el sur hasta la más tórrida en los desiertos del norte, en su frontera con el Perú, pasando por supuesto por la zona templada de Valparaíso, puerto muy cercano a su capital, Santiago. Originalmente, la singladura estaba planeada para recalar allí, pero cuando pasamos a la altura de Talcahuano, cuyas luces vimos en la noche a lo lejos, el capitán Brenton, luego de consultar con Azueta y con Blanco, quienes de inmediato hicieron una serie de cálculos para ver si nos alcanzaría el carbón ayudándonos de las velas, resolvió pasar de largo. Es más, ni siquiera vimos el puerto porque nos alejamos de la costa para cruzar en línea recta hasta Coquimbo, otro fondeadero mucho más al norte de este dilatado país.

Allí llegamos ya con las máquinas dando estertores por falta de carbón. Mientras repostábamos, ocurrió una desgracia, pues uno de los jóvenes aspirantes que hacía sus prácticas navales en la *Zaragoza* se puso malo y de pronto se agravó; el médico de a bordo, el doctor Melgarejo, le diagnosticó un mal cardíaco que resultó irremediable y murió. Este muchacho, de nombre Eduardo Domínguez, clamaba en su agonía por un sacerdote, mientras el capitán Brenton no dejaba de reprochar a nuestro gobierno que, por culpa de la laicidad oficial, los barcos mexicanos carecieran de capellán. El propio capitán se avino a acompañar al joven, leyéndole pasajes de la Biblia. Lo sepultamos en Coquimbo, en una tumba que generosamente cedió una amable familia chilena. Toda la tripulación, menos los que estaban de guardia, acudimos al sepelio uniformados de gala. Cuando Brenton le preguntó a don Manuel Azueta, el de más alto grado entre los oficiales mexicanos, si sería posible que la tripulación asistiera a la misa de cuerpo presente en el cementerio, Azueta dijo que no veía inconveniente porque estábamos en un país oficialmente católico y no en México. Todos fuimos al servicio religioso, excepto Othón P. Blanco, al que comisionaron para enviar un telegrama a México para informar de la triste noticia a las autoridades y a la familia del difunto.

Llegamos al puerto peruano de El Callao, donde también nos recibieron de manera sobresaliente, primero porque fuimos saludados no sólo por los cañones de las baterías costeras, sino también por un buque inglés que estaba allí fondeado. Luego, los comandantes de la *Zaragoza* fueron invitados a visitar la ciudad de Lima, capital del Perú, donde fueron agasajados y participaron en las ceremonias fúnebres en honor del presidente de Francia, Sadi Carnot, que acababa de fallecer. Más tarde, cuando estábamos a punto de zarpar de El Callao, el capitán Brenton recibió el aviso de nuestro cónsul de que el presidente del Perú, el general Andrés Avelino Cáceres, deseaba visitar la *Zaragoza*. Se dispuso para recibirlo un gran banquete en honor de nuestro visitante, que llegó acompañado de su señora esposa y sus dos bellas hijas, que fueron atendidas por nuestros galantes oficiales. El presidente del Perú quiso conocer toda la nave y don Manuel Azueta se la mostró; cuando llegaron al puente, donde yo estaba de guardia como siempre, Azueta repitió las mismas palabras que decía siempre cuando me presentaba con alguien: "Pepe el timonel", el mejor de nuestra Armada. El presidente peruano se detuvo un momento a platicar conmigo y me estrechó muy fuertemente la mano. Pensé que nunca me había saludado don Porfirio, el presidente de mi patria.

En Paita, un pequeño puerto peruano, nos detuvimos unos días para pintar la *Zaragoza*, a la que ya le urgía una buena manita de gato, pues deseábamos llegar a tierras mexicanas con la nave en perfecto estado. Luego pusimos proa a Acapulco, con gran ilusión de todos. Un día a don Manuel Azueta se le ocurrió que a todos los marineros y oficiales nos darían en cubierta una clase de historia de México. Nos hablaron de Hidalgo, de Morelos y de Juárez mientras cruzábamos de nuevo la línea ecuatorial, esta vez con rumbo norte. La cátedra resultó un poco aburrida, por lo que muchos mejor optamos por mirar a los ballenatos que nos seguían tanto a babor como a estribor lanzando de cuando en cuando sus chorros de agua.

Días después, un grito muy sonoro y entonado del marinero de guardia en la cofa nos anunció la proximidad de la tierra. Nuevamente con precisión, Azueta nos había llevado a la bahía de Acapulco, donde atracábamos mientras nos saludaban las baterías del fuerte de San Diego y los cañones del *Demócrata*, que había acudido a recibirnos. Con ansias desembarcamos, sobre todo para buscar las sacas del correo, pues no habíamos recibido ninguna carta en toda la travesía. Hubo de todo, no faltó quien recibiera noticias tristes de la muerte de un ser querido, otros alegres avisos del nacimiento de hijos. A mí me dieron una de mi madre, que me avisaba que les iba muy bien en la tienda en Orizaba. Contrariado, pregunté si no había más cartas para mí y el agente de correos me dijo que había una caja entera con decenas de ellas. Brinqué de gusto y en verdad eran muchísimas, todas escritas por esa persona tan amada, donde me decía que me quería y me repetía que sería mi esposa.

En Acapulco se recibieron órdenes del Departamento de Marina de la Secretaría de Guerra para que la *Zaragoza*, sin demora, continuara su viaje hasta el puerto en Guaymas, en Sonora, y que entrara a carena en el nuevo varadero nacional para limpiar sus fondos y estar lista para emprender después el gran viaje. El teniente mayor Manuel Azueta dispuso que la partida fuera de inmediato, en cuanto regresara el capitán Reginald Carey Brenton, quien había desembarcado en el puerto y cuyo paradero desconocíamos, aunque algunos estibadores del puerto nos dijeron que se había internado en la Costa Chica, con rumbo a Ometepec. Tardó tres días en volver y entonces zarpamos. Al menos me quedó el consuelo de poder escribirle a mi amada maestra y decirle que volvería a hacerlo desde Guaymas. Le avisaba que como el barco sería puesto en dique seco, lo más probable es que nos concedieran alguna licencia que me permitiría correr a abrazarla a Veracruz.

Nada más llegamos a Guaymas, con cuidado Azueta dirigió la maniobra para meter la *Zaragoza* al dique, lo cual me hizo concentrarme en el timón. Lo conseguimos al primer intento.

Satisfecho, el propio Brenton me comunicó que me concedían seis semanas de licencia, al cabo de las cuales debía yo regresar para embarcar de nuevo y zarpar hacia Japón. Todavía alcancé a ver, antes de irme de Guaymas, cómo comenzaban a raspar el casco de nuestro barco para quitarle todas las adherencias. Azueta me aseguró que esa limpieza nos permitiría ganar de nuevo velocidad.

Cuando me despedía de mis jefes me encontré con la novedad de que también viajarían a la Ciudad de México, pues habían sido llamados. Así pude convivir por varios días con Azueta y Blanco, que pensaban iban a informar y se regresaban de inmediato a Guaymas, aunque don Manuel me dijo que ojalá le concedieran algunos días para también ir a Veracruz a ver a su familia. También iba con nosotros el capitán Brenton, que se mantuvo todo el viaje muy callado y pensativo. Sólo al final, cuando casi llegábamos, nos reveló que pediría su baja de la Armada porque quería dedicarse a difundir el evangelio en la costa Chica de Guerrero, como pastor presbiteriano; quedamos sorprendidos con la noticia, aunque Azueta me comentó que para él ésa era una gran oportunidad; quizá el gobierno lo designaría como nuevo comandante de la *Zaragoza*, al fin y al cabo era el oficial con más experiencia.

Al llegar a la Ciudad de México, Azueta me preguntó si deseaba esperar el resultado de sus entrevistas, asegurándome que después nos iríamos juntos a Veracruz, pero le dije que prefería llegar al puerto lo más rápido posible. Riéndose de mis ansias de amar, me prometió que cuando estuviera en Veracruz me mandaría buscar para contarme, ofreciéndome de antemano que yo sería siempre su timonel. Naturalmente, me recibieron en Veracruz con gran alegría. Fueron aquellos momentos maravillosos en los cuales experimenté desde el temor del primer beso de amor hasta la delicia de pasear del brazo de la persona amada. Todos los días de licencia me levantaba temprano, salía de mi casa para acompañar a María de la Luz rumbo a la escuela donde daba clases y, cuando terminaba su jornada, ya estaba yo esperándola para ir a comer y luego caminar, soñar y hacer planes. Me dijo que podíamos casarnos de inmediato, antes de que me fuera nuevamente para darle la vuelta al mundo, quedándose ella ya en nuestra casa del callejón de las Flores, que arreglaría en tanto yo navegaba. Le compartí mi preocupación de qué haríamos si en mi ausencia nacía un hijo nuestro. Me explicó que ya lo tenía todo pensado. Me prometió que si eso ocurría, a mi regreso iría al muelle con él a recibirme.

Decidimos casarnos en pocos días, previa notificación a mi futuro suegro, pues en mi ausencia su esposa había fallecido. Esta vez lo noté menos refunfuñón, quizá porque comprendía que su hija merecía ser feliz. Con María de la Luz fui a la pagaduría naval, donde cobré los sueldos que me habían guardado, los que sumados a los que ahorré cuando tripulé el cañonero *Libertad*, que mi madre me guardó sin decírmelo, hacían una buena cantidad. Se los daría a ella para que hiciera las obras que creyera convenientes. También la designé como beneficiaria de mis emolumentos como cabo de mar, autorizándola a que se apersonara mensualmente en la pagaduría a cobrarlos en calidad de mi esposa. Luego fuimos al registro civil y a la parroquia para los trámites necesarios y me tomé un par de días para ir a Orizaba a ver a mi madre y convidarla para que nos acompañara a la boda. Aceptó un poco a regañadientes pues no quería alejarse de su marido que estaba enfermo.

A mi regreso de Orizaba ya me esperaba una nota de don Manuel Azueta pidiéndome que fuera a verlo a su casa en Veracruz, pero no fue necesario salir a buscarlo porque él me buscó primero. Nos halló afuera de la escuela y apenas estaba diciéndole que me iba a casar y le iba a preguntar acerca de sus entrevistas cuando él nos dijo que tenía grandes noticias: la primera era que tanto él como yo no iríamos al viaje alrededor del mundo. No supe qué decir, pues me embargó la tristeza pero noté cómo el rostro de mi amada se iluminaba; pero tampoco nos quedaríamos en Veracruz sino que nos iríamos a Mazatlán, Sinaloa, el puerto donde estaba asignado el cañonero *Demócrata*, del cual lo habían nombrado comandante; él había solicitado que me trasladaran a ese destino.

Nos invitó a su casa a comer, donde saludamos a doña Josefa Abad, su esposa, quien no ocultaba su gusto por ese cambio de planes dispuesto por el gobierno, diciéndole a mi maestra que para ella era lo mejor, porque no quería estar tanto tiempo sin su marido y menos con sus hijos todavía chicos. Ya con calma, Azueta nos comentó que se sintió desilusionado porque aspiraba a viajar por todo el globo, además de que pretendía ser comandante de la *Zaragoza*, pero que las órdenes son para cumplirse y ni modo, puesto que el mismo presidente de la República, al enterarse de la renuncia del Brenton, dispuso que el mando del buque lo tomara don Ángel Ortiz Monasterio, quien estaba asignado al Estado Mayor Presidencial y a quien don Porfirio ascendió al grado de brigadier de la Armada, o comodoro, como ya les decían. El primer mandatario dispuso que como el *Demócrata* carecía de comandante, a recomendación de Ortiz Monasterio, que tenía gran ascendente sobre el presidente, fue designado él, porque era necesario poner a ese buque en condiciones, pues como dice el refrán, "a barco viejo, capitán nuevo". Cuando ya estaba resuelto el asunto, pidió a la superioridad que le permitieran llevarse a su propio timonel, solicitud que fue bien vista por Ortiz Monasterio.

Una sola mirada bastó para que María de la Luz y yo nos pusiéramos de acuerdo. Ella dijo que entonces nos casaríamos como lo habíamos previsto y luego nos iríamos a Mazatlán. Esto le dio gran gusto a doña Josefa y le pidió a mi futura esposa que se fueran juntas; nosotros tendríamos que partir casi de inmediato para incorporarnos al *Demócrata*. Azueta abrió una botella de sidra y brindamos por nuestra felicidad y por la de todos los presentes. Luego, cuando ya nos despedíamos, me contó que el presidente había enviado al subteniente Othón P. Blanco a otra comisión en Nueva Orleans, en los Estados Unidos, a supervisar la construcción de un pontón que el gobierno necesitaba para anclarlo en la desembocadura del río Hondo, en la frontera con Belice. La dotación del puente de la *Zaragoza* que había ido a España y Sudamérica quedaba desintegrada.

Nos casamos muy temprano en la Parroquia de Veracruz y luego fuimos al antiguo café de la Parroquia a desayunar, convidados por los Azueta. Estaban presentes el padre de mi esposa, mi madre que lloraba, mis padrinos y Othón P. Blanco, que estaba de paso en Veracruz para tomar un vapor que lo llevaría a Nueva Orleans, quien se puso a departir con algunas de las amigas de María de la Luz, que se entusiasmaron con el joven y elegante oficial de la Armada que era, como les presumió, soltero. Le agradecí su presencia y le manifesté mis deseos de que le fuera muy bien, él me comentó que algunas de esas maestras le parecían muy guapas. Yo le dije que en efecto, eran señoras y señoritas muy decentes y recomendables, a lo que él repuso que eso no le importaba, puesto que lo que buscaba era compañía por una sola noche, ya que al amanecer salía su barco. Creo que sí se fue con una, con la directora de la escuela cuyo marido, me dijo mi esposa, andaba de viaje.

Por lo pronto, apresuramos las cosas para irnos a Mazatlán; cambié la asignación de mis sueldos a la pagaduría de aquel puerto, cerramos la casa del callejón de las Flores, en la que pasamos sólo un par de noches y se la encargamos a los vecinos; luego fui a la estación a despedir a mi madre, que me juraba que nunca me volvería a ver; empaqué mis pocas pertenencias y me despedí de María de la Luz. En el andén del ferrocarril, me decía adiós con su pañuelo, con la certeza de que pronto nos volveríamos a ver. Mientras tanto, mi destino como marinero sería el cañonero *Demócrata*.

Don Manuel Azueta estaba muy emocionado cuando asumió la comandancia del cañonero *Demócrata* y tenía razón, puesto que por primera vez un buque estaba bajo su única y entera responsabilidad. Las cosas no serían fáciles, pues aunque la nave estaba en buenas condiciones físicas y navegaba bien, ya que hacía poco la habían carenado y reparado en san Francisco, California, lo que dejaba mucho que desear era la actitud y el desempeño de la tripulación. Los altos mandos se habían olvidado de ellos, así que se relajó la disciplina y los servicios se cumplían con poca aplicación. Don Manuel, desde el primer día de su comando, resolvió poner a punto a toda la dotación, implantando un régimen de ejercicios marineros rigurosos. El *Demócrata* tenía ya treinta años de servicio y aunque su andar era bueno, la máquina de vez en cuando se descomponía y era necesario navegar a vela, lo que permitía su aparejo. En ese momento era cuando más mostraban su incompetencia los marineros. Además, casi nunca estaban completos, pues de los cuarenta y cinco que decía la plantilla que tenía, rara era la vez que había más de treinta, sin que los oficiales se preocuparan por reclutar grumetes, puesto que a ellos mismos se les notaba el desgano.

Por eso, Azueta dispuso que se cumpliera con todo rigor la Ordenanza de la Marina de Guerra Mexicana, que hacía poco había promulgado el presidente de la República. Se comenzaba con el toque de diana, que todos los días a las seis de la mañana despertaba a la tripulación, concluyendo la levantada con un cañonazo tirado desde la pieza de proa, para que una vez pasada la lista y que hubiesen tomado café los marineros, comenzara el baldeo de toda la cubierta, con la presencia de todos los oficiales y aspirantes, para luego proceder a la limpieza y engrasado de las armas navales, tanto de las piezas de artillería como de las portátiles. Después, ya con el personal bañado, uniformado y presente en la cubierta, a las ocho en punto se izaba la bandera con honores al silbato y a la campana y se procedía enseguida a dar el rancho; luego comenzaban las actividades diarias.

Todos los días se hacían ejercicios de tiro con los cañones y también, por las tardes, los de hombre al agua e incendio, además Azueta dispuso que los lunes se dieran clases para que los marineros aprendieran a leer y escribir, los martes se hacían ejercicios de tiro al fusil y de laboreo de cabos, cables y demás cuerdas de maniobras, para que luego la tripulación se adiestrara en los botes a remo. Los miércoles y los jueves se hacían ejercicios de velas, vergas y masteleros, desplegando el velamen y luego plegándolo nuevamente, con mucho énfasis en la nomenclatura de todos los palos, velas, nudos y demás palabras del lenguaje marinero, además de que se practicaba el abordaje con todo y sable. Los viernes había zafarrancho general de combate y se pasaba revista a las armas portátiles, mientras se obligaba a todos a aprender la nomenclatura de las piezas de artillería. También se hacían prácticas de desembarco. Los sábados se empleaban en el lavado de uniformes, coys, camarotes y sollados, así como la limpieza de metales, armas y ajuste de instrumentos de navegación. Los domingos eran días francos excepto para los que estaban de guardia y los arrestados, pero aún cuando la tripulación desembarcaba, Azueta era muy estricto, pues se ponía en la orilla de la escala y revisaba el uniforme de cada uno de los que bajaban a tierra, y si en el puerto se encontraba con alguno, no sólo tomaba en cuenta el saludo sino hasta la compostura que mostraba el pobre interfecto que se cruzaba en su camino.

Todos los días los tres ranchos diarios se suministraban en cubierta, vigilando personalmente el comandante Azueta que las provisiones que llegaban al barco estuvieran en buen estado y que la comida tuviese buen sazón. A las seis de la tarde en punto se pasaba lista y se arriaba bandera, otra vez con honores al silbato y a la campana. Luego de esa hora se hacían los ejercicios de toques, tanto con clarín como con silbato y campana, para que la tripulación los conociera y se acostumbrara a ejecutarlos con prontitud, desde atención en cubierta, pasando por formar brigadas, llamada a contramaestres o condestables, abrir o cerrar la santa bárbara donde se resguardaban las municiones, los diversos zafarranchos, abordaje, fuego y hasta el de abandono de buque.

Así, con disciplina y con el paternal rigor con que Azueta trataba a sus marineros, el *Demócrata* alcanzó el nivel que su comandante deseaba, lo cual ya era urgente porque su buque gemelo, el cañonero *México*, por descuido se había perdido, quedando reducido a un simple pontón anclado en Mazatlán, donde servía como escuela náutica. Al *Demócrata* le correspondía vigilar y patrullar el litoral mexicano del Pacífico, un solo barco para tan gigantesca extensión agua. Más de siete mil kilómetros de línea de costa, con las playas de los estados de Chiapas, Oaxaca, Guerrero, Michoacán, Colima, Jalisco, Nayarit, Sinaloa, Sonora y los dos litorales del territorio bajacaliforniano, además de nuestras islas en ese océano y en el mar de Cortés. Sería imposible, pero el comandante Azueta estaba listo para cumplir su deber. Y salimos a navegar.

Cuando llegaron las esposas desde Veracruz, tanto Azueta como yo teníamos listas nuestras respectivas casas, la de él en el centro de la ciudad y la mía, mucho más pequeña, cerca del puerto. Por supuesto, eran rentadas pero dio la casualidad de que a mi casero le caí muy bien y me rebajó el precio. Era don Rafael, un viejo marinero que había peleado como soldado en la guerra contra los franceses bajo las órdenes de un general que era en realidad oficial de la Armada, don Manuel Márquez de León, quien asaltó y tomó el puerto de Mazatlán, arrebatándoselo a los invasores. Me contaba que conoció a Maximiliano en Querétaro, porque a su general le encargaron formar el cuadro que rodeó el cerro de las Campanas durante el fusilamiento del emperador. Le gustaba platicar sus cosas y a mí escucharlo, le simpaticé y luego hasta veló por María de la Luz y por mis hijos cuando yo salía a navegar. Porque he de decir que tuve la gran alegría de que en Mazatlán nacieran mis hijos mayores, que fueron cuates, a los cuales les pusimos, a cada uno, los nombres de los padres mío y de mi esposa, así no habría sentimientos de nadie: Antonio y Ramón. Comíamos ceviche y paseábamos por el malecón del muelle, pasábamos los días en plena felicidad, sólo interrumpida cuando tenía que salir a navegar.

Cada vez que regresaba, don Rafael me hacía una singular recomendación: que fuera al centro de Mazatlán, a los portales de Canobbio donde don Luis acababa de establecer una botica que decían era la fuente de la eterna juventud. Allí, entre otras pócimas, remedios y brebajes, preparaban y vendían un jarabe al que su creador bautizó como el licor de la diosa Venus, que prometía proverbiales resultados. A las mujeres les devolvía belleza y lozanía y a los hombres los dotaba del vigor necesario para embestir, lo cual seguramente yo necesitaría después de cada viaje por mar. Total que me convenció y compré una redoma con ese líquido pero no lo tomé; me dio miedo enfermarme por andar probando esas cosas, así que mejor lo guardé. Lo escondí tan bien que ni María de la Luz lo vio y la botellita apareció muchos años después, cuando ya vivíamos en Veracruz. Cuando nacieron mis hijos, los cuates, don Rafael estaba convencido de que eran el resultado innegable del licor aquel.

El tiempo que pasamos en Mazatlán fue de muy gratos recuerdos. La vida hogareña me sentaba bien y pude estar presente cuando nacieron mis hijos. Luego, de nuevo al mar, a navegar en el *Demócrata* bajo las órdenes de mi comandante Azueta, al que cada vez veía yo más seguro del mando y más experto en las artes navales. Así que yo disfrutaba mucho en el timón del cañonero, cantando el rumbo que nos llevó a Guaymas, a La Paz, a Topolobampo, a San Blas, a Manzanillo, a Acapulco y luego de regreso a Mazatlán una y otra vez, patrullando nuestras costas siempre sin mayor novedad.

Sin embargo, hubo algunas ocasiones especiales que le dieron a la navegación el agrio sabor del cumplimiento del deber, de esas que hay que ejecutar porque lo ordena el mando, como cuando recibimos la orden de ir la isla de la Pasión, o Clipperton como algunos la llaman, a observar lo que en ella pasaba. La isla era propiedad indudable de nuestro país, pero a mediados de siglo los franceses la habían ocupado a la mala y luego la estaban ya reclamando unos norteamericanos que querían hacer negocio con el guano que allí abundaba. Todo eso pasó porque nuestro país dejó de vigilarla y de ejercer soberanía en esa isla, a la que iríamos para mostrar el dominio mexicano. Nada más que ese pequeño atolón coralino, porque no es una isla en realidad, está a más de mil kilómetros de nuestras costas, en pleno océano Pacífico, digamos enfrente de Michoacán, que es la parte continental más cercana. Hasta allá fuimos a dar en el *Demócrata* y no encontramos a nadie; sólo notamos que el lugar era una formación circular, porque le dimos la vuelta para hacer mediciones y levantar un plano; que tenía una laguna en el centro y no más de seis kilómetros cuadrados de superficie. En ella no hay más que pájaros bobos que no saben volar, y mucho guano; es decir, caca, que es muy buena como fertilizante para los cultivos agrícolas, lo cual es la causa de la disputa entre naciones. Azueta tenía la duda de qué significaban sus órdenes de "ejercer la soberanía mexicana en la isla" y por eso decidió que bajáramos algunos a tierra y levantáramos un mástil para izar una bandera mexicana a la que rendimos honores. No había más que hacer, me dijo luego cuando regresábamos a Mazatlán, sería una locura dejar hombres allí, en ese lugar donde nomás hay pura mierda.

Cuando atracamos en Mazatlán ya había comenzado el carnaval en el puerto, pero no lo pudimos disfrutar porque Azueta recibió varios sobres en los que se le daban diversas instrucciones, muchas de las cuales me afectaban y beneficiaban a mí también. En conclusión, luego de ese tiempo prodigioso en Mazatlán y en el *Demócrata*, deberíamos mudarnos de litoral y empezar otra vez pero desde Veracruz. Ni modo, esa era la vida de los marineros de la Armada, como María de la Luz, resignada a una nueva mudanza, me dijo.

Las comunicaciones que recibió mi comandante Azueta eran muchas, pero una de ellas le pareció tan importante que me la comentó: nuestro amigo don Hilario Rodríguez Malpica había ascendido a teniente mayor y fue nombrado jefe de la sección de Marina de Guerra del departamento de Marina de la Secretaría de Guerra y Marina; sería el conducto oficial para trasmitir las órdenes de la superioridad a todos los oficiales navales del país. En otra instrucción, ya firmada por don Hilario, se le ordenaba a Azueta trasladarse a Veracruz para tomar un vapor que lo llevaría a Inglaterra, donde recibiría un velero comprado por el gobierno mexicano que se llamaría *Yucatán*, el cual debía traer a nuestra patria para que sirviera de escuela de clases y marinería. En otra carta le comunicaba que el señor presidente estaba considerando el ascenso de Azueta a capitán de fragata y que dependía del éxito de su misión de traer la corbeta *Yucatán* a Veracruz, para lo cual don Hilario recomendaba que Azueta se hiciera acompañar del mejor personal de la Armada, diciéndole que se trajera a Pepe el Timonel a quien le había conseguido la autorización del jefe del departamento, el brigadier de la Armada don José María de la Vega, para trasladarlo y ascenderlo inmediatamente al grado de tercer contramaestre, habida cuenta de su antigüedad y buen servicio. En el último sobre que abrió don Manuel, precisamente venía el despacho en el que se me ascendía.

Así que a mudar familia, la que nos alcanzaría en Veracruz más adelante, aunque ya no la veríamos sino hasta nuestro regreso de Inglaterra. Afortunadamente, en Veracruz teníamos casa y ahorros guardados, así que a mi esposa y a mis hijos no les faltaría nada. Llegamos a Veracruz, a tiempo para tomar el vapor de la línea trasatlántica que nos llevaría, vía Nueva York, al puerto de South Hampton, en las islas británicas. En Nueva York nos bajamos a conocer la ciudad y luego fuimos a la isla Ellis donde se encuentra la estatua de la Libertad, que hacía poco había obsequiado el gobierno de Francia al pueblo de Estados Unidos de América; me pareció muy impresionante. Cuando llegamos a South Hampton, yo suponía que nos estaría esperando la *Yucatán*, lista para emprender el viaje a costas mexicanas, pero no era así, faltaba algo fundamental: la tripulación. Azueta contrató marineros ingleses, de los que abundaban por aquellos lugares, la mayoría retirados ya del servicio en la Armada británica, algunos de los cuales resultaron ser los veteranos que nos acompañaron en la *Zaragoza* años atrás. Pero no había oficiales disponibles, por lo que Azueta aceptó a un antiguo piloto de un barco que pescaba bacalao. Era de origen noruego y se llamaba Juan Gudberg, a quien le gustó tanto México, y especialmente Veracruz, que se quedó a vivir entre nosotros, se incorporó a la Armada y el gobierno dispuso que permaneciera en la *Yucatán* por muchos años.

Navegar en la *Yucatán* fue un verdadero placer porque era una barca de vela, así que volví a experimentar la sensación de depender del viento, que no sentía desde que navegaba en la *Tecolutla*. La corbeta *Yucatán* era un barco viejo, comprado de segunda mano por nuestro gobierno; no tenía artillería y sólo contaba con una sesentena de viejos fusiles con su bayoneta. Decían quienes nos la entregaron que había servido como transporte de misioneros que iban a África a evangelizar, pero a Azueta, por la distribución de unas bancas en los sollados, le parecía que había transportado esclavos. En fin, lo importante era llevarla a México y navegamos por el Atlántico, deteniéndonos sólo en La Habana para reponer provisiones y adquirir frutas y verduras por temor al escorbuto y para cambiar la aguada por una más pura y limpia, ya que no contábamos con desalinizadora ni otro tipo de máquinas o aparatos. Era como navegar a la antigüita, incluso iluminando los palos y la popa con lámparas de petróleo que se bamboleaban con la cadencia de las olas. En La Habana me porté tan bien que ni siquiera bajé a tierra, diciéndole a don Manuel que prefería quedarme en el velero a hacer guardia porque no confiaba en los ingleses. Azueta se rio y comprendió que yo no quería caer en la tentación de las mulatas. Eso sí, le encargué a uno de los que estaban francos, que me trajera unos cigarros y una botella de ron.

Cuando arribamos a Veracruz no pudimos entrar al puerto. ¿Cuál puerto si no había?, porque ya se habían iniciado las obras para construir uno nuevo, enorme y de concreto, por lo que tuvimos que fondear afuera, en un costado de la isla de Sacrificios. Luego nos dirían que se trataba de crear una bahía artificial, rodeada por malecones y escolleras que alcanzarían hasta San Juan de Ulúa, que dejaría de ser un islote para tener comunicación por tierra. Don Porfirio quería que México tuviese un puerto a la altura de los que había en Europa, para lo cual había contratado a una compañía inglesa que estaba ganando tierra al mar para ampliar la ciudad, terrenos donde se instalaría un faro muy alto y hasta una Escuela Naval, lo que emocionó a Azueta. Desembarcamos en las lanchas que nos llevaron, a golpe de remo, a donde estaban derribando la vieja muralla, por el rumbo del baluarte de Santiago.

Cuando llegué a mi casa la encontré pintada, muy bien arreglada, repleta de flores, con una mujer contenta y alegre y dos niños que ya caminaban dando tumbos entre los muebles. También estaba allí, por unos días, mi madre, que había venido a recibirme para decirme que su esposo había muerto. Trató de convencerme de que nos fuéramos con ella a Orizaba porque éramos su única familia y por más que me decía que la tienda nos dejaría más dinero que lo que yo ganaba como tercer contramaestre, no acepté, contando con el apoyo de María de la Luz, quien le explicó a mi madre que si bien mi salario era poco, nos alcanzaba para todo. Mi madre entendió nuestras razones y luego, para mi sorpresa, vi que cada mes nos remitía un giro postal con un dinerito que nos caía muy bien. Y así sucedió por veinte años, pues ella me seguía diciendo que su deber era ayudarnos.

También le fue muy bien a don Manuel Azueta, puesto que a los pocos días de desembarcar recibió su despacho de capitán de fragata firmado por el mismísimo don Porfirio. Por esos días, a don Manuel lo invitaron a la inauguración de la Escuela Naval Militar, instalada en una vieja casa, pero que tendría un nuevo edificio en los terrenos ganados al mar. Ya desde ese momento discurrió en que debía convencer a su hijo Manuel, el mayor, a que ingresara como alumno, como sucedería después y él me decía que una de sus mayores satisfacciones sería dar clase en ese plantel y llegar a director. Luego, también arribó a Veracruz la *Zaragoza*, que culminaba su viaje alrededor del mundo. Saludamos al comodoro Ángel Ortiz Monasterio, que se enteró allí mismo de que el general Díaz lo había nombrado nada menos que jefe del Estado Mayor Presidencial, lo que evidenciaba la confianza y aprecio que le tenía. ¡Un marino a cargo de la seguridad y de la ayudantía de don Porfirio!, lo cual seguramente haría rabiar de la envidia a los militares del ejército.

Al poco tiempo llegaron más noticias. Azueta recibió la instrucción de tomar el mando de la *Zaragoza*, lo cual lo puso de muy buen humor, pues ese era "su barco", como él decía. Yo me animé también porque en otra comunicación se le decía al capitán de fragata Manuel Azueta que se me asignaría como timonel de su buque, pero… después de cumplir con otra comisión que me sería comunicada más adelante, en un oficio especial. Me quedé en ascuas. Azueta me dijo que tendría que esperar en la capitanía hasta en tanto no me llegaran las órdenes pertinentes, mientras que él debía zarpar para llevar la *Zaragoza* a reparar y pintar a Tampico. Pero muy pronto salí de dudas: recibí el sobre con las instrucciones en donde se me indicaba que debía trasladarme a Nueva Orleans para ponerme a las órdenes del segundo teniente de la Armada Othón P. Blanco, donde interinamente prestaría mis servicios antes de incorporarme a la *Zaragoza*. Así que nuevamente salí de viaje, llegando a Nueva Orleans en pocos días.

Busqué a Othón P. Blanco pero me dijeron que regresaría en una semana, pues había salido a Mobile y a Pensacola, donde tienen una base naval los estadounidenses, para adquirir algunos instrumentos que le hacían falta a su "lanchón", como me dijo uno de los ingenieros del astillero donde construían el pontón que tenía a su cargo Blanco. Por lo pronto, me instalé en una pensión cerca de los muelles que están sobre el río Mississippi y me dediqué a pasear por esa ciudad en la que todavía se respira cierto aroma francés, según me dijo don Othón, cuando lo vi y me abrazó con afecto. Entonces me dijo que me explicaría cuál sería mi misión, pero para ello debía platicarme toda la historia de por qué estaba yo allí y por qué él me había pedido expresamente para que lo ayudara. Confieso que esta manera de hablar de mí me llenó de orgullo. Me contó entonces que el gobierno del presidente Díaz, deseando resolver el problema de límites que significaba nuestra frontera con Belice, que no estaban muy bien definidos, había resuelto negociar con Inglaterra. El ministro de relaciones exteriores, que era además gran amigo del presidente, de nombre Ignacio Mariscal, había firmado un tratado con el gobierno británico en el que se establecía que la frontera entre ambos países sería el río Hondo, en el extremo sur de la península de Yucatán, casi frente al mar Caribe. Me dijo "casi" porque de la desembocadura del río se extraían de contrabando nuestras maderas y además se vendían armas a los indios mayas alzados contra nuestro gobierno. La única solución para ejercer allí nuestra soberanía, me dijo, era anclar un pontón en ese lugar, y ésa era mi misión: llevarlos a él y al pontón hasta allá.

Othón P. Blanco me confío un secreto que yo no debía repetir: nuestros negociadores ni siquiera se habían tomado la molestia de visitar la zona en disputa y habían hecho que Mariscal firmara el tratado sin saber en realidad cuál era la situación geográfica de la zona. No previeron que la única entrada a la bahía de Chetumal, que pertenecía a México, era por las aguas territoriales de Belice, como él lo descubrió cuando fue a ver el sitio donde a la larga se anclaría el pontón. El pontón, al que me dijo le pondría el nombre de *Chetumal*, no tenía capacidad de navegación sino que habría que llevarlo al arrastre de otro barco. Pero debía ser gobernado y contaba con un timón y un pequeño motor para movimientos muy cortos. Y ésa era mi misión: conducir el pontón, desde la rueda del timón, para que se dejase remolcar dócilmente hasta su destino. Me aclaró que la maniobra no sería sencilla y podría tener complicaciones en caso de mal tiempo, porque sin fuerza motriz ni velas para aprovechar el viento, el pontón podría quedar al garete en medio de una tormenta, o bien ser arrastrado por las corrientes si se soltaba del buque nodriza. Todo un reto para un buen timonel, me dijo, por lo que para conducirlo pensó que el único capaz de hacerlo era su amigo Pepe el Timonel.

Othón planeó el viaje en dos etapas: una primera, hasta Campeche, en la que el pontón sería tripulado por él como comandante, con una veintena de marinos norteamericanos que había contratado y yo como timonel. Luego, en Campeche, los tripulantes extranjeros serían relevados por la tripulación mexicana que había reclutado el departamento de Marina, con los cuales viajaríamos hasta la bahía de Chetumal, donde anclaríamos. Durante todo el trayecto seríamos remolcados por el vapor *Stanford*, contratado para ese efecto. Othón tuvo razón, la travesía fue una verdadera pesadilla aun en los días de mar calmo, pues era difícil conducir el pontón, de cuyo timón casi no me apartaba más que para dormir, y lo hacía dentro de su mismo puente, ordenándole al marinero que me auxiliaba que me despertara al momento de cualquier incidente, los que se presentaron innumerables veces. Sucedía, por ejemplo, que cuando el *Stanford* aminoraba su marcha, los cables del arrastre se aflojaban y el pontón seguía su marcha y sin otra manera de gobernarlo, yo tenía que virar a babor o a estribor para evitar una colisión con el vapor. Luego, cuando reanudaba su andar, el jalón nos hacía escorar y me veía obligado a girar rápidamente la rueda para salirnos de su estela y evitar el naufragio. No sé cómo pero llegamos a Campeche, a pesar de que nos sorprendió una tempestad y, de pronto, los cables se rompieron y el pontón quedó al garete un buen rato, tal y como lo había previsto Othón, quien por cierto cada vez que subía al puente sólo me observaba y me repetía incesantemente que tenía toda su confianza. Debo decir que jamás, en toda la travesía, corrigió mis decisiones y tampoco me dio ninguna orden. El pontón era mío durante el trayecto y de la pericia del timonel dependía el llegar a salvo.

En Campeche subieron a bordo los marineros mexicanos, que no lo parecían, pero habían sido reclutados más que nada por su bravura y su destreza para el manejo de las armas, especialmente el machete, de los que Othón compró un par de docenas. Allí nos suministraron una veintena de fusiles y una ametralladora. Luego continuamos el viaje, ya con el mar más sereno, hasta llegar a la ciudad y puerto Belice, donde tuvimos serias dificultades. Las autoridades británicas no querían dejarnos pasar por el canal del cayo Ambergris, única entrada a la bahía de Chetumal, que pertenecía por entero a ese dominio británico, ya que en las cláusulas del tratado se había estipulado que quedaba prohibido el tránsito por esa zona de barcos de guerra mexicanos. No quedó otra más que engañarlos, por lo que el segundo teniente Othón P. Blanco fingió ante las autoridades navales inglesas que se regresaría, indicando al capitán del *Stanford* que tomara rumbo hacia Campeche, lo que dejó satisfechos a los británicos, pero horas después, cuando ya estábamos lejos de Belice, con señales ordenó torcer el rumbo e internarnos en el canal. Cuando los ingleses se dieron cuenta de la maniobra, enviaron a un torpedero a perseguirnos pero ya era demasiado tarde para ellos, pues navegábamos en las aguas de la bahía de Chetumal, que pertenecían a México.

Así llegamos hasta la desembocadura del río Hondo, donde Blanco ordenó que se detuviera el *Stanford*; se soltaron los cables de arrastre y con el pequeño motor de a bordo, lo llevamos hasta el sitio preciso que las cartas indicaban como el límite entre las dos naciones. Allí echamos el ancla y al mirar hacia la orilla mexicana a Othón P. Blanco se le ocurrió la idea de fundar una ciudad. Mientras tanto, el pontón *Chetumal* ya estaba en su sitio y mi misión había concluido. Ahora mi preocupación era regresar a Veracruz: a los pocos días, un pequeño vapor llegó hasta donde estábamos para decirnos que la *Zaragoza* estaba en Belice, pues había llevado allá al nuevo cónsul de México, el comodoro Ángel Ortiz Monasterio. Había órdenes de recogerme para que me incorporara a la dotación de mi barco, por órdenes de su comandante Manuel Azueta.

TERCERA PARTE

Zafarrancho de combate

La *Zaragoza* tenía instrucciones de patrullar por la costa oriental de la península de Yucatán, particularmente por la zona sur, donde había un mayor número de arrecifes. Esto era navegar y apoyar a Othón P. Blanco, quien desde el pontón *Chetumal* controlaba la frontera mexicana con Belice, limpiándola de contrabandistas. Además estaríamos atentos a las instrucciones del comodoro Ortiz Monasterio, quien desde su puesto como cónsul en esa colonia británica dirigía las operaciones navales y militares en la región. Me platicó mi comandante Azueta que aquello era un polvorín que en cualquier momento podía estallar, ya que desde muchos siglos atrás se había convertido en un territorio en disputa. Primero porque los españoles que llegaron a establecerse fueron varias veces repelidos por los indios mayas que no se dejaban conquistar y luego porque desde aquellos tiempos también arribaron los piratas ingleses, atraídos por el palo de tinte, que ellos mismos cortaban en la selva, o bien obtenían de los indios a cambio de armas para que pudieran atacar los pueblos fundados por los españoles. Desde el siglo XVII se había construido un fuerte en la laguna de Bacalar que servía para contener a los piratas y, al mismo tiempo, para defenderse de los mayas que casi todo el tiempo andaban alzados en armas, como acontecía en los días en que navegábamos por esos litorales.

Sin embargo, los españoles fueron incapaces de expulsar definitivamente a los piratas ingleses, que con el tiempo se fueron asentando. El rey de Inglaterra los reconoció como parte de su imperio y por ello el gobierno mexicano había tenido que negociar la cuestión de los límites con Belice, en ese tratado en el que francamente nos habían engañado dejando encerrada la bahía de Chetumal. Un día en que estábamos atracados en Belice, llegaron a la *Zaragoza* el comodoro Ortiz Monasterio y Othón P. Blanco, acompañados del ingeniero naval Miguel Rebolledo, quienes se reunieron en el puente de la corbeta con don Manuel Azueta, a quien instruyeron que los acompañara a efectuar un reconocimiento por el cayo Ambergris, o Ámbar Gris como dicen nuestras cartas, para buscar un punto en el cual pudiera abrirse un canal que comunicara, a través de territorio mexicano, al mar Caribe con la bahía de Chetumal. El objetivo era que los barcos mexicanos pudieran entrar esquivando el dominio de los británicos, no sólo a la bahía sino a la recién creada población de Payo Obispo, que había sido fundada por el propio Othón P. Blanco.

Recorrimos esa costa en busca del sitio adecuado, mientras don Othón nos deleitaba con sus pasmosas aventuras en el pontón *Chetumal*, que iban desde cómo detenía a los contrabandistas ingleses, los cuales, nos dijo, tenían tratos con los indios mayas, quienes eran el mayor peligro. Por esta razón, en la desembocadura del río Hondo, casi enfrente de donde estaba anclado el pontón, fundó una ciudad para proteger la zona y ahuyentar a los indios. Nos contó que él personalmente desembarcó con sus hombres y comenzó a trazar la población, talando los árboles para abrir calles, plazas y predios. La había bautizado Payo Obispo en homenaje al virrey fray Payo de Rivera, que además fuera arzobispo de México, quien llegó a andar por esos rumbos y visitó Bacalar y sus tierras aledañas. Nos dijo que la primera casa la destinó para que fuera la escuela, y aunque todavía no había niños, esperaba que muy pronto se fuera poblando y los hubiera para que pudieran educarse allí. Othón P. Blanco estaba muy orgulloso de su obra y por eso, para que llegaran más pobladores, quería encontrar un paso desde el Caribe, además de que era urgente que los buques de guerra mexicanos pudiesen entrar para ejercer nuestra soberanía como Dios manda.

Pronto localizaron una zona promisoria para la apertura de un canal, cerca de Xcalak, en el lado mexicano del cayo Ambergris. Según los cálculos del ingeniero Rebolledo, era factible, en poco tiempo, hacer una excavación para unir la bahía con el mar. El comodoro Ortiz Monasterio lo comunicó directamente al presidente de la República. Luego supe que don Porfirio ordenó la construcción del llamado canal Zaragoza, porque la situación en toda la zona oriental de la península se estaba deteriorando, porque los indios mayas habían vuelto a levantarse en armas, matando a diestra y siniestra. Para combatir la rebelión, el gobierno tomó varias providencias, una de las cuales fue la creación del territorio de Quintana Roo, separándolo del estado de Yucatán, además de designar al comodoro Ortiz Monasterio como jefe de las operaciones militares y navales. La *Zaragoza* recibió su primera orden de combate: trasladarse a Tulum para expulsar de allí a los mayas.

Sería el bautizo de fuego de la corbeta, que nunca había estado en situación de batalla, y el mío también.

Las operaciones navales sobre Tulum que ejecutó la *Zaragoza* exactamente frente a las ruinas que asoman al mar Caribe fueron muy simples, aunque a mí me causaron desasosiego. Me habían dicho los viejos marineros que las cosas cambian cuando uno escucha el ruido del cañón y se siente el estremecimiento de la nave con los disparos. Navegamos sin perder la línea de costa y en cuanto divisamos el campamento de los mayas, instalado a un lado de los adoratorios prehispánicos, el comandante Azueta ordenó el toque de zafarrancho de combate, previniendo al oficial de artillería que disparara todas las piezas de la banda de estribor sobre los alzados, para sorprenderlos; le indicó que recomendara a los condestables y cabos de cañón que no tiraran sobre las construcciones antiguas si no era estrictamente necesario. A los oficiales de cubierta los instruyó para que armaran y municionaran a la tripulación, excepto a los de guardia, para que lo acompañaran, pues él personalmente encabezaría el grupo de desembarco que perseguiría a los mayas. A mí me ordenó que permaneciera en el puente al tanto del timón y del telégrafo de órdenes, para que la corbeta se mantuviera al pairo mientras la artillería disparaba y luego del desembarco, para que todos pudiesen regresar a bordo.

Todo fue muy rápido. La *Zaragoza* se estremeció con el retumbar de las dos piezas de estribor y las de proa y popa que también abrieron fuego, con una serie de andanadas que daban en el blanco. Alcancé a divisar cómo los mayas salían corriendo de sus jacales de palma, despavoridos ante las granadas que explotaban encima de sus cabezas y que destruían sus casuchas. Luego, vi cómo el comandante Azueta, con el sable en la mano, subía a una de las lanchas donde ya lo esperaban los marineros armados con fusiles y bayoneta. Remaron hasta la playa donde todos brincaron a tierra e iniciaron la persecución de los indios, que fueron expulsados definitivamente, dejando muchos muertos, la mayoría por el bombardeo y otros por los balazos y bayonetazos que les dieron nuestros marineros. Cuando regresaron, traían a un par de heridos a quienes atendió el médico de a bordo. Uno de los maestres de armas había recibido un terrible machetazo en un combate cuerpo a cuerpo con un maya y fue necesario amputarle el brazo. No quise ver la amputación. Sólo escuché los aullidos de dolor que el maestre daba cuando lo aserraban.

Más tarde, para pacificar el territorio de Quintana Roo, el presidente dispuso una operación combinada, de la Armada y del Ejército, al frente de la cual puso a Ortiz Monasterio que izó su insignia en la corbeta *Zaragoza*. Tuve el gusto de volver a navegar bajo sus órdenes, pues resolvió conducir la escuadra que se formó desde nuestro puente, al lado del comandante Azueta. Era la primera vez que los barcos de la Armada navegarían en formación, pues se reunieron la *Zaragoza* y los cañoneros *Libertad* e *Independencia*, y para transportar las tropas del ejército, el velero *Yucatá*n y un mercante, el *José Romano*, en el que venía como capitán Hilario Rodríguez Malpica. Sin embargo, el ejercicio marinero de navegar en columna fue un fracaso. A pesar de que las órdenes del comodoro fueron que todos los barcos siguieran en línea a la *Zaragoza*, cada nave hacía lo que quería. Ortiz Monasterio se molestó y ordenó a los comandantes de todos los buques se reunieran en la *Zaragoza* para regañarlos, instruyéndome luego para que les explicara a los timoneles de cada nave cómo conducir en línea un barco siguiendo la estela del que va adelante, diciéndoles que aprendieran de la experiencia de "Pepe el timonel", quien era el mejor de toda la Armada. Me sentí muy halagado pero con sencillez y paciencia expliqué lo que debían hacer; me percaté de que eran muy jóvenes y bisoños; así me habría visto yo hace años.

Toda la escuadra llegó al canal Zaragoza, en Xcalak y el comodoro dispuso que el cañonero *Libertad* fuese el primero en atravesarlo, seguido de los demás. Frente a Payo Obispo y a un lado del pontón *Chetumal*, echamos el ancla y comenzó el desembarco de los soldados que se internarían en el territorio de Quintana Roo. Allí mismo el comodoro Ortiz Monasterio notificó a don Othón P. Blanco que por acuerdo del presidente de la República y en atención a sus méritos, había sido promovido a primer teniente de la Armada y designado comandante de la flotilla del sur, que se formaría con las unidades que custodiarían nuestros litorales en el mar Caribe. Cuando terminaron de desembarcar y se ordenó la partida de la escuadra hacia Veracruz, me llené de alegría porque vería de nuevo a mi familia. El comodoro Ortiz Monasterio dispuso una comida en la *Zaragoza* a la cual asistieron todos los comandantes de los barcos, así como los jefes militares que mandaban los batallones que harían la guerra a los mayas, con todo y su general, un hombre de mirada torva y que decían que olía a borracho. Se llamaba Victoriano Huerta y su aspecto me daba temor, pues aunque viajó en la *Zaragoza*, jamás subió al puente y estuvo todo el tiempo en su camarote, según dicen, bebiendo coñac. Desde donde yo estaba pude presenciar el banquete y luego me fijé que en una de las mesas se quedaron solos el general Huerta y Othón P. Blanco platicando animadamente. Más tarde se me ocurrió comentarle a don Othón que a mí ese hombre me daba miedo. Blanco me respondió que había que prever el futuro y asegurarlo.

Cuando llegamos a Veracruz, no reconocíamos el puerto. Estaba totalmente cambiado. Salió a recibirnos, a la altura de la isla Pájaros, uno de los nuevos vaporcitos contra incendios que la Armada había adquirido, el *Tritón*, que nos condujo hacia la entrada del nuevo puerto y nos indicó el muelle donde atracaríamos. ¡Era un muelle sólo para los barcos de la Armada! Había otro para los pescadores, otro más para los mercantes, que comunicaba directamente con la aduana y con la estación del ferrocarril, e inclusive uno especial, llamado de la T, para los barcos de pasajeros. También supimos que una escollera cerraba la rada y unía la tierra firme con el islote de San Juan de Ulúa, donde además se había construido un dique flotante para la reparación de las naves. Luego de que la *Zaragoza* quedó bien amarrada y nos permitieron desembarcar, lo primero que nos impresionó fue el hermoso malecón sobre los terrenos ganados al mar; al final se veía un gran edificio coronado de un enorme faro. Me despedí de mi comandante Azueta y traté de ir apresuradamente hacia mi casa pero no sabía por dónde llegar, porque todo era diferente.

No atinaba por dónde irme; antes la referencia que daba a todo mundo para llegar a mi casa en el callejón de Las Flores era que estaba cerquita del mar, por el rumbo de las Atarazanas y a la vista del baluarte de Santiago. Pero ya no era así; caminé nueve cuadras para llegar, cuando antes mi casa estaba a sólo dos de la playa tras las murallas. ¡Cómo había crecido Veracruz! Ansioso de ver a mi familia, a mi esposa y a mis dos hijos, nomás los salude y abracé, cuando mi mujer me dijo que valía la pena que saliéramos para que conociera el nuevo puerto, y así lo hicimos, con los niños tomados de la mano y yo con la mirada llena de asombro. Los malecones estaban hermosos y en ellos encontré a muchos de mis amigos de la tripulación de la *Zaragoza* que hacían lo mismo que yo con sus hijos, esposas o novias. Por allí andaba también el capitán de fragata Manuel Azueta con doña Josefa, su esposa, así como otros oficiales, todos ellos admirando y comentando acerca del magnífico resultado de esas obras portuarias que ponían a Veracruz a la altura de las mejores del mundo. Mi capitán tuvo la gentileza de invitarme al corrillo que se formó en torno a él, compuesto por muchos de sus compañeros que, como andaban francos, vestían de civil. A muchos ya los conocía, pero Azueta, que estaba de buen humor, dijo que quería presentarles al tercer contramaestre más confiable de la Armada, a "Pepe el timonel", quien lo llevaba y traía siempre a buen puerto. Todos me felicitaron y me dieron palmadas en la espalda.

Luego escuché que los oficiales comentaban muy entusiasmados las noticias que habían recibido referentes al impulso que el general Porfirio Díaz deseaba darle a la Armada, de la cual se sentía orgulloso. Alguno, que al parecer estaba bien enterado, dijo que el interés de don Porfirio era fortalecer la flota de guerra con la adquisición de nuevos barcos, construidos especialmente para México, y que serían varios cañoneros y algunos transportes, todos ellos modernísimos y bien artillados. Otro confirmó que ya se estaban terminando de construir en el extranjero, pues en un astillero italiano había visto, en grada, los llamados cañoneros 1 y 2 del gobierno mexicano. Alguien dijo que también sabía que los cañoneros 3 y 4, un poco más pequeños, ya estaban por terminarse en los Estados Unidos y había planes para encargar a Europa la construcción de un par de buques de transporte. La euforia era evidente; si esto era cierto, nuestra Armada contaría con seis barcos más, de los cuales se podrían enviar algunos al Pacífico, donde el viejo *Demócrata* ya estaba en sus últimas singladuras.

En eso, apareció el ya contraalmirante Ortiz Monasterio, quien nos dijo los nombres que llevarían los cuatro cañoneros, según lo había dispuesto el presidente: el 1 sería el *Bravo*; el 2, el *Morelos*; el 3 se llamaría *Tampico* y el 4 *Veracruz*. No se sabía el nombre de los dos transportes. Antes de disolverse la alegre reunión, dijo que nos preparáramos porque en pocos días llegaría el presidente Díaz a inaugurar las obras del puerto, lo cual me dio gran gusto porque pensé que podría ver a nuestro gobernante.

Pero no fue posible porque a la *Zaragoza* se le ordenó permanecer atracada en su muelle para rendir la salva de artillería en honor del presidente. Él pasó cerca de nosotros, a bordo del vaporcito contra incendios *Nereida*, en el que recorrió toda la obra portuaria y apenas se fijó en nuestro barco y en los cañonazos que disparábamos. Luego lo vimos en el malecón, rodeado de sus ministros y de políticos. En la comitiva pudimos ver un marino que con su uniforme blanco de gran gala se distinguía de todos los demás acompañantes. Era Ángel Ortiz Monasterio, a quien el presidente había ratificado como jefe del estado mayor presidencial. Hasta Manuel Azueta también se contrarió porque no pudo saludar al presidente.

Recibimos la noticia de que la *Zaragoza* entraría al dique flotante de Veracruz para reparaciones mayores. No sólo se le limpiaría el casco y se pintaría sino que, por recomendación de don Manuel Azueta, se le reformaría su arboladura, se le quitaría el aparejo de barca y sólo se le dejarían los palos mayor y trinquete sin velamen, a la vez que se ajustaban sus máquinas de vapor, transformándola en una rápida nave de guerra, para que quedara como nueva al cumplir sus primeros quince años. Pensé que esos trabajos dilatarían algunos meses, en los cuales podría dedicarle muchas horas a la familia, pues como los cuates Antonio y Ramón acababan de entrar a la escuela, mi mujer resolvió volver a trabajar como maestra, pero en otro plantel, lo cual me permitió darme el gusto de llevar a los niños a su escuela y recogerlos después de sus clases y, con ellos de la mano, caminar un par de cuadras para esperar a que mi María de la Luz saliera de las suyas. Fueron días inolvidables en los que nos divertíamos luchando contra el norte que soplaba tan fuerte que nos reíamos a carcajadas cuando levantaba el vestido a mi mujer o me volaba la gorra. Además, le dimos una buena pintada a la casita del callejón de las Flores y compramos algunos muebles de Tlacotalpan, de esos de madera dura que resisten la humedad y la polilla.

Todos los días visitaba la *Zaragoza* para comprobar los avances en sus reparaciones, al igual que Manuel Azueta, quien un día me recibió con un abrazo mientras mascullaba algo que comprendí cuando me fijé que había recibido una valija con varios sobres con el sello del departamento de Marina. Me puse en alerta, pues pensé, y con razón, que contenían nuevas órdenes que implicarían alguna misión. Y no me equivoqué, pero antes de saberlo, y como si fuera un éter anestésico, don Manuel me entregó un pliego, firmado por el brigadier de marina José María de la Vega. Me informaban que había sido ascendido a segundo contramaestre de la Armada. Además, don Manuel me regaló un par de galones distintivos de mi nuevo grado para dulcificar la otra noticia que tenía que darme: él y yo, junto con algunos otros oficiales y marineros, nos iríamos de viaje a los Estados Unidos de América, específicamente a un puerto de Nueva Jersey llamado Elizabeth, para traer a nuestras costas los dos nuevos cañoneros numerados 3 y 4, que se llamarían *Tampico* y *Veracruz*. Azueta estaba eufórico porque, además del encargo, le habían concedido el privilegio de estar al mando de la escuadrilla formada por los dos buques, aunque apenas era un capitán de fragata. De hecho, le daban la responsabilidad de un comodoro o de un almirante. Me dijo entonces que yo sería su timonel de bandera, el que conduce la nave en la que iza su insignia el comandante de la flotilla.

Esta vez me fue difícil comunicar la noticia a mi familia, pero María de la Luz, con su entereza y buena disposición, me dijo que el viaje sería corto porque Estados Unidos estaba cerca y no tardaríamos en regresar. Y en efecto, nos dilatamos muy poco. Durante la ida, en un viejo paquebote que escoraba hacia babor, de esos de la compañía marítima del Golfo que cobraban muy barato porque los pasajeros convivían con la carga y con el ganado, pensé en María de la Luz, agradeciéndole a Dios la ventura de haberme casado con ella. Consideré lo que para ella significaba el haberse casado con un marinero, aceptando que la mayoría de los días y las noches la pasaba sola, al pendiente de los hijos, siempre con el Jesús en la boca, quizá con el temor de que un día le llegara la fatal noticia del naufragio del barco en que navegaba su marido. Tuvo la entereza de aprender a esperar y la voluntad de no reclamar. Es la bendición de mi vida y la alegría de mis años.

Manuel Azueta enarboló su insignia de comandante de la flotilla en el cañonero *Tampico*, al que fui asignado. Daba un gusto tripular esos barcos nuevos, que eran gemelos, con su casco de acero y sus dos máquinas de triple expansión alimentadas por calderas de carbón que les daban buena velocidad. En realidad pequeños, no medían más de unos cuarenta metros de eslora, estaban bien armados y durante el viaje don Manuel se empeñó en el entrenamiento de los condestables y cabos de cañón, haciéndolos disparar sus dos piezas principales, en la proa y en la popa, o como decían los artilleros: de caza y de retirada, así como sus seis piezas de tiro rápido, tres por cada banda. Tenían una curiosidad: un tubo lanza torpedos en la proa, sugerido por Azueta, quien me platicó que, cuando estudió en España, se especializó en esa arma novedosa que en México aún no existía.

La escuadrilla formada por el *Tampico* y el *Veracruz* atracó en el muelle de la Armada del puerto jarocho en medio de la algarabía pues se veían hermosos, como comprobé cuando desembarqué y los miré desde el malecón, caminando rumbo a mi casa con María de la Luz, no sin antes despedirnos del comandante Azueta y de doña Josefa, que estaba jubilosa. Frente a nosotros lo abrazó, lo besó y le dio dos grandes noticias: acababa de llegarle un sobre con documentos que se tomó el atrevimiento de abrir, según dijo, por la curiosidad de saber cuál sería el nuevo destino de su marido, pero su sorpresa fue doblemente grata cuando leyó que el amigo Hilario Rodríguez Malpica le informaba a don Manuel que lo ascendían a capitán de navío, que lo designaban director de la Escuela Naval Militar y que se quedaría en el puerto: ¡tendría en casa a su marido por algunos años! Mi mujer y yo nos alejamos en silencio mientras admirábamos a los dos cañoneros y musitó un deseo, que yo también me quedara en tierra.

Y la Providencia la escuchó. Cuando fui a la comandancia de Marina a preguntar sobre mi adscripción y saber si me regresaba a la *Zaragoza* o si seguiría en el *Tampico*, recibí instrucciones de presentarme en la Escuela Naval como ordenanza del capitán de navío director. No pudo haber mejor noticia; nomás le conté a mi mujer la buena nueva, corrí a presentarme a la Escuela Naval que estaba a sólo un centenar de metros del callejón de las Flores, por lo que caminaría un par de cuadras diariamente, me presentaría muy puntual al servicio y, en muchas ocasiones, podría hasta comer en familia. Deduje que tanta felicidad se la debía a la generosidad de Manuel Azueta, quien luego me explicó que él había solicitado mis servicios a don Hilario, el jefe de la sección de Marina. Aprovechó la circunstancia al darse cuenta de que en la plantilla de la dotación estaba vacante la plaza de ordenanza o ujier de la oficina del director, algo así como su secretario y el que abre y cierra su puerta, pero sobre todo, me dijo, tenía otra vacante más importante que yo cubriría accidentalmente, la de profesor de la clase de "nociones de movimientos de bajeles", que se impartía a los alumnos de séptimo semestre en la carrera de oficiales de guerra. Así que ahora, muy ufano, le dije a María de la Luz que yo también sería maestro. Ella rio de buena gana y me dijo que me ayudaría con las técnicas didácticas porque una cosa es manejar un barco y otra hacer que aprendan algo los jóvenes que quieren ser oficiales de la Armada.

No fue tan fácil como suponía el dar clase. Tuve que estudiar mucho y ponerme a leer como nunca, porque enseñar en un salón a una decena de jóvenes cómo se maneja un barco no es cosa fácil. Afortunadamente, la biblioteca de la escuela estaba más o menos bien dotada y tenían allí un par de buenos manuales, antiguos, sobre el arte de marear, pero a la vuelta de la Escuela, en el antiguo convento de San Francisco, funcionaba ya la Biblioteca del Pueblo, donde tenían mayor surtido de libros sobre temas marineros. La clase de "movimientos de bajeles" era paralela a la clase de navegación que impartía don Manuel Azueta, quien era además profesor de astronomía y mientras él daba las explicaciones teóricas del conjunto de saberes marineros, yo hacía lo mismo con los aspectos prácticos, usando una pequeña fragata de madera que se llamaba *Chapultepec* y que servía para que los alumnos aprendieran la nomenclatura básica de términos náuticos y algunas nociones de cómo enfrentar tempestades o esquivar arrecifes en mar gruesa. Todos esos conocimientos los podrían practicar cuando salieran a navegar en la *Zaragoza* o en la *Yucatán*, durante el viaje anual que se estableció para ellos, y para el que me apunté, por supuesto, y luego, más tarde, cuando terminaran sus estudios, en los tres semestres en que prestarían sus servicios como aspirantes de primera en alguno de los barcos de la Armada antes de efectuar se examen profesional que les permitiría ascender al grado de subteniente.

No era más que una cincuentena de alumnos en el plantel, pero todos tenían entusiasmo y fibra. Yo llegaba desde muy temprano, antes del toque de diana, y como ordenanza del director me encargaba de avisarle a don Manuel cuando todos estaban bañados, uniformados y armados en el patio del nuevo edificio de la Escuela Naval, listos para izar la bandera nacional, rendirle honores y desfilar frente al director y la plana mayor. Luego entraban al comedor y más adelante a clases. Por la tarde los llevaban a correr al malecón y a veces a nadar, tirándolos desde el muelle fiscal para que practicaran el abandono de buque. Luego se arriaba bandera, se pasaba la lista y se daba el parte de novedades del día, y con un último desfile terminaba la jornada, aunque en realidad los alumnos se encerraban en sus dormitorios a preparar las clases del día siguiente, porque la disciplina de estudio era muy rigurosa; los profesores teníamos autorización de arrestar a los flojos y a los que no sabían las lecciones, y como nadie quería quedarse encerrado los domingos, trabajaban hasta altas horas de la noche, aún después del toque de silencio. Yo permanecía en la escuela hasta que don Manuel se retiraba, pues mi capitán de navío prefirió seguir viviendo en su casa particular, en la calle de Benito Juárez, a varias cuadras del plantel. En cambio yo, en menos de dos minutos llegaba a cenar a la mía.

Una mañana recibimos en la Escuela Naval al capitán de fragata don Hilario Rodríguez Malpica, acompañado de su hijo mayor, del mismo nombre. Azueta me ordenó que los pasara de inmediato y me invitó a permanecer con ellos mientras platicaban. No lo habíamos visto desde la campaña de Quintana Roo, cuando él estaba al mando del *José Romano*. Había sido transferido una vez más, como nos dijo con ironía, a la Ciudad de México a ocupar, otra vez una vez más, la jefatura de la sección de Marina del departamento de Marina de la Secretaría de Guerra y Marina. Mi comandante Azueta comentó que esas constantes comisiones en México se debían a la gran capacidad de organización que don Hilario tenía, porque era muy buen administrador, lo que se requería para dirigir a la pequeña Armada mexicana, que cada vez crecía más. Había viajado a Veracruz para recibir los nuevos cañoneros, el *Bravo* y el *Morelos*, que el brigadier don Flaviano Paliza traía de Italia. Recordaron que don Flaviano era del cuerpo de máquinas, cosa que a don Manuel y a don Hilario les provocaba risa y se burlaban de él porque ellos eran del cuerpo de mar o de guerra como también se le llamaba. Pero Paliza era un buen marino y un mejor ingeniero naval, como ellos mismos lo reconocían, porque había estado a cargo de la supervisión del diseño y construcción de toda la nueva flota, desde los cuatro cañoneros así como los dos transportes cuya quilla pronto se pondrían en los astilleros.

Nos dijo don Hilario que recibir los dos cañoneros sería su última comisión administrativa. Ahora le correspondía el mando de un buque de guerra, y el propio presidente Díaz le había conferido el de la *Zaragoza*, que ya renovada por completo, saldría a navegar bajo sus órdenes. Me dio mucho gusto escucharlo, cosa que fue interpretada por don Hilario como un deseo de volver a ella como timonel y me ofreció el puesto ante el azoro de Azueta, pero yo de inmediato lo rechacé con amabilidad, no sin que se me notara el predicamento en que me metí, la cara se me puso colorada y empecé a sudar, lo cual ocasionó que se rieran de mí. Don Hilario me dijo que tanto Azueta como él creían que, independientemente de mis méritos como timonel, tenía mucho que enseñarles a los alumnos de la Escuela Naval, y señaló a su hijo, Hilario chico, como lo llamamos desde entonces, diciéndole a don Manuel que lo traía a la Escuela Naval, con los papeles de autorización firmados por el ministro de Guerra en persona, porque el chamaco le había manifestado desde siempre su interés por la carrera naval. A mi comandante Azueta le dio mucho gusto la noticia, le dijo al joven Hilario que era bienvenido y tendría por compañero a su propio hijo, a Manuel chico. Los dos marinos, mis dos jefes, se dieron un fuerte abrazo fraterno porque estaban seguros de que en sus hijos retoñaría la grande y vieja amistad que los unía porque así era la Armada, como una familia, como una hermandad.

A los pocos días pude ver en el patio de la escuela, durante la formación matutina, entre los alumnos de nuevo ingreso a los dos muchachos, a Hilario y a Manuel, uniformados y con el pelo al rape, sufriendo las injurias y maltratos de los alumnos antiguos, que aprovecharon que los noveles tenían apellidos de abolengo, para vejarlos y para que las pócimas de bienvenida que les dieran fueran muy crueles, como despertarlos en la madrugada para asear los baños o hacerlos tragar salsas picantes, obligándolos a lamer sus propios vómitos. Pero ellos, como los buenos, aguantaron. También pronto afloraron sus carácteres; Manuel era taciturno y retraído, pero desobediente e indisciplinado y algo flojo, por lo que comenzó a recibir arrestos y a visitar la dirección para ser amonestado junto con Hilario chico, que también salió travieso y desordenado por su temperamento bullicioso y alegre, pero brillante en los estudios. No serían mis alumnos sino hasta semestres más tarde, pero tuve oportunidad de confraternizar un poco con ellos. Eran muy buenos muchachos y yo soñaba con que alguno de los cuates, mis vástagos, quisiera inscribirse en la Escuela Naval. No sería así, pues a los dos les dio por no estudiar y por eso más adelante los mandé con mi madre para que la ayudaran en la tienda y, por lo que se ve, salieron muy buenos para eso de los negocios y por eso se quedaron allá, en Orizaba.

Todo el personal de la Escuela Naval, la plana mayor, los alumnos y la tripulación, encabezados por su director, el capitán de navío Manuel Azueta, fuimos al muelle de la Armada en Veracruz para recibir a los nuevos cañoneros *Bravo* y *Morelos* que llegaban a través del Atlántico, luego de su largo viaje desde Génova. Eran unos barcos soberbios, magníficos, que me parecían enormes, pues medían más de setenta metros de eslora y estaban armados con dos poderosos cañones en la proa y en la popa y seis más de tiro rápido en las dos bandas. Además eran muy veloces, pues sus calderas les permitían desarrollar hasta diez millas por hora. Me dieron ganas de embarcarme en alguno de ellos, en cualquiera, al fin eran gemelos, seguro de que alguno de los dos comandantes me aceptaría gustoso, máxime que ya los conocía a ambos porque habían sido oficiales o aspirantes en la *Zaragoza*. Pero no me atreví ni tampoco me hubiera arriesgado a que don Manuel se sintiera ofendido. Por cierto, los marineros de los cañoneros comentaron que también Génova ya estaba avanzado en los astilleros otro barco mexicano, un transporte que se llamaría *Progreso*. Me gustó ese nombre. Creí que sería de buena suerte.

¡Se me hizo navegar en el *Bravo*! Fue algo circunstancial y de casualidad, pero pude gobernar el nuevo cañonero desde su puente de mando como timonel accidental en uno de sus primeros viajes. Sucedió que una mañana, muy temprano, llegó a la Escuela Naval el contralmirante Ángel Ortiz Monasterio, quien a grandes zancadas subió al segundo piso del plantel, donde estaba la dirección, e irrumpió en ella; me levanté apresuradamente de mi escritorio, me cuadré y él sólo me sonrió sin detenerse. Abrió las puertas de la oficina de Azueta y como las dejaron abiertas escuché todo lo que decían. Luego de saludarlo, Azueta lo felicitó porque sabíamos de la distinción y confianza que le confería don Porfirio. Don Ángel replicó que por eso había venido a Veracruz, pues tenía el encargo de organizar el viaje del presidente a Yucatán, para lo cual el mandatario había dispuesto hacerlo por mar, en los nuevos barcos de la Armada. El propio Ortiz Monasterio tomaría el mando de la escuadrilla que se formaría para tal efecto, compuesta por los cañoneros *Bravo*, *Morelos*, *Veracruz* y la corbeta *Zaragoza*. Azueta preguntó por qué no se incluía al *Tampico* y el contraalmirante le respondió que ese barco partiría de inmediato hacia el Pacífico, para reforzar al *Demócrata,* y lo mismo sucedería más adelante con el *Morelos* y con uno de los trasportes que se estaban construyendo en Europa, con lo que así se contaría con buques modernos en ambos litorales mexicanos.

El contraalmirante le dijo a Azueta que quería que comisionase a un piquete de alumnos para que sirvieran de escolta al general Díaz en la mar y en sus recorridos por la península yucateca. Los elegidos debían embarcar con él de inmediato en el *Bravo*, cañonero en el que se izaría la insignia del comandante supremo de las fuerzas armadas. Don Manuel respondió que irían los alumnos más aprovechados; sospecho que don Ángel notaría la decepción en el rostro de Azueta por lo que le dijo que incluyera a los alumnos Manuel Azueta e Hilario Rodríguez Malpica y que también me comisionara a mí, porque deseaba tener al mejor en la rueda de cabillas del *Bravo*, como timonel de bandera, para que don Porfirio viajara sin novedad. Me emocioné al darme cuenta de la importancia de la misión: llevar al presidente de la República. Más tarde, cuando con la venia de don Manuel me incorporé al *Bravo*, el contraalmirante Ortiz Monasterio me ordenó que instruyera a los timoneles de las otras naves para que aprendieran a seguir la línea, para que lo hicieran a la perfección al momento en que don Porfirio pasara revista a la escuadra.

Llegó el día y, para recibir a don Porfirio, los barcos de la Armada, empavesados, tiraron cada uno veintiún salvas al momento en que el presidente pasaba frente a ellos en el muelle. Abordó el que estaba al último, pero sería el primero en salir: el *Bravo*. Un poco antes, salió del puerto el vapor de pasajeros *Bismarck* que la compañía trasatlántica alemana puso a disposición de la esposa del presidente, doña Carmelita. Nos dio mucho gusto que nuestro comandante supremo decidiera abordar nuestros barcos. Durante la travesía, los alumnos de la escolta se turnaban para hacer guardia en la puerta del camarote del presidente, así como para que siempre un par de ellos lo acompañara en sus recorridos por el buque, que quiso conocer desde sus máquinas, calderas, sollados, pañoles, cubierta, artillería y puente, así que tuve la oportunidad de que me viera al timón. Cuando llegamos al nuevo puerto de Progreso, el contraalmirante lo invitó a que presenciara la maniobra de atraque, ejecutada por "Pepe el timonel". Salió a la perfección y don Porfirio me dio una palmada en el hombro mientras Ortiz Monasterio me guiñaba un ojo. Yo me quedé a bordo del *Bravo* los días que duró la visita de don Porfirio, quien se trasladó a Mérida acompañado de su comitiva y de su escolta de alumnos, en la que iban los dos hijos de mis jefes.

En el viaje de regreso todo transcurrió sin novedad, y como la mar estaba tranquila y hacía calor, el presidente aprovechó para descansar, instalado en una silla de lona que se abrió en la proa del *Bravo* e incluso allí tomó sus comidas, pues le pusieron una mesa plegable. Por cierto, la cena del último día de navegación la realizó con el pelotón de alumnos de su escolta, a quienes quería agradecer, lo que causó gran sensación entre los muchachos.

Cuando el silbato del *Bravo* anunció la entrada a Veracruz, don Porfirio pidió volver a ver la maniobra de atraque en el puente y subió acompañado de Ortiz Monasterio y de algunos ayudantes. Concluida la maniobra a satisfacción de todos, el presidente dio testimonio de los méritos de "Pepe el timonel". Cuando volteé a verlo, lo encontré sonriendo y con una medalla en las manos que prendió de mi uniforme. Me dijo que me concedía la medalla al mérito naval de segunda clase por servicios distinguidos y me preguntó mi grado y mi antigüedad. Le respondí que era segundo contramaestre y tenía ya veinte años en la Armada. Me felicitó por mi constancia y mi devoción al servicio. Me cuadré, pero él me tendió la mano y me dio un fuerte apretón. Después, al desembarcar y terminar mi comisión en el *Bravo*, corrí a mi casa para contarle a mi mujer.

En la Escuela Naval seguí ocupándome de mis funciones como ordenanza del director, así como de mi clase de movimientos de bajeles, en la que trataba de explicarles a los alumnos, cada vez mejor y más claro, los secretos de la lectura de los compases, las agujas giroscópicas y las brújulas además de los misterios de la navegación de estima, a contracorriente, en la niebla o la aparentemente más sencilla de todas, la costera. Los jueves por la tarde, día de visita, me permitía el director salir franco, lo que aprovechaba para estar con mi María de la Luz, que se había quedado sola en la casa. Fue entonces cuando ocurrió el milagro y dimos el "santanazo", que yo atribuí a los efectos miríficos del licor aquel, el elíxir de la diosa Venus, que compré en Mazatlán muchos años atrás por insistencia de don Rafael. Como yo andaba muy entusiasmado por la condecoración que me dio don Porfirio y como pues estábamos solos mi mujer y yo y como por andar revolviendo cosas en la casa me encontré con el frasquito aquel, pues se me ocurrió tomármelo y para mí el resultado fue que mi mujer anduviera en estado de buena esperanza cuando todos decían que ya no tenía edad para eso, y hasta mi madre se preocupó y ofreció venirse a Veracruz para cuidarla. Gracias a Dios todo salió bien y mi tercer hijo nació muy bien, sanito y sin complicaciones. Le pusimos José, como yo, y fueron sus padrinos don Manuel Azueta y doña Josefa.

En esos días arribó a Veracruz el nuevo transporte de guerra *Progreso*, más grande que los cañoneros *Bravo* y *Morelos*. También fue construido en Génova en unos astilleros que eran famosos, los de la casa Odero. El *Progreso* contaba con cuatro piezas de tiro rápido, dos a babor y dos a estribor, dos ametralladoras en el puente, capacidad para llevar a un batallón completo, incluso con camarotes para jefes y oficiales en transporte. Cuando fui a verlo al muelle de la Armada, me encontré que había sido designado comandante el capitán de fragata Hilario Rodríguez Malpica y como segundo de a bordo, Othón P. Blanco.

A las pocas semanas, don Hilario fue a la Escuela Naval a despedirse de don Manuel porque nuevamente había sido transferido a la Ciudad de México, a la sección de Marina de Guerra del departamento de Marina de la Secretaría de Guerra y Marina. Un poco en son de guasa, don Hilario decía que don Porfirio lo prefería en tierra y no en el mar, a lo que Azueta le respondió que ésa era una muestra de gran confianza, tanto del presidente como del contraalmirante Ortiz Monasterio. Al mando del *Progreso* se quedaría Othón P. Blanco, a pesar de que todavía era teniente mayor. Luego don Hilario pasó a despedirse de su hijo, quien a pesar de sus arrestos y mala conducta, gracias a sus calificaciones y aprovechamiento, fue ascendido a cabo de alumnos. Pude ver el abrazo de despedida y me di cuenta de lo muy orgulloso que se sentía don Hilario.

Así me sentía yo también de mis hijos los cuates, Antonio y Ramón. También lo estaba del pequeñito, José, que apenas balbuceaba pero llenaba mis días y los de mi mujer con sus sonrisas y llantos. Una tarde de domingo, mientras paseábamos, me fijé que en el muelle de la Armada estaba atracado el *Progreso* y nos acercamos. En eso, escuché que alguien gritaba "¡Pepe el Timonel!". Era Othón P. Blanco que nos saludaba. Como era día franco, estaba con su esposa, la joven y bella Manuela Peyrefitte. Nos invitaron a subir a bordo a tomar unas aguas frescas. Luego de las presentaciones, sin tapujos me dijo que quería que me incorporara a la dotación del *Progreso*, a lo cual respondí amablemente que no, porque mi deber estaba con don Manuel Azueta. Tomó en sus brazos a mi hijo José, lo levantó mientras él chico se reía, y le dijo que él si sería parte de la tripulación del *Progreso* algún día. Y como José se puso muy contento, don Othón me dijo que ese niño sería oficial de la Armada y que en ese barco se destacaría como un gran marino. Yo estaba feliz con el trato que Othón P. Blanco nos había dado y volví a pensar en que el nombre de ese buque, el *Progreso*, era de buen agüero, rogándole a Dios que ese hijo mío quisiese al mar como yo lo quiero y que se convirtiese en oficial de la Armada. Por la noche, ya en la casa, le dije a María de la Luz que lo que más deseaba en este mundo era que las palabras de Othón P. Blanco fueran proféticas. Hoy me arrepiento de haber deseado eso.

Don Manuel Azueta modificó el plan de estudios de la Escuela Naval para incluir la materia de torpedos, que él mismo impartiría. Obtuvo autorización del gobierno de instalar en San Juan de Ulúa una estación de lanzamiento, para lo cual le permitieron comprar dos, de aire comprimido, a los cuales se les quitó la cabeza explosiva para que pudieran ser reutilizados una y otra vez, puesto que la superioridad seguramente desconfiaba de las bondades de esa novedosa arma, por más que mi comandante se esmeraba en demostrarles lo contrario, diciéndoles que los torpedos serían el arma del futuro, pero no le creyeron. Estábamos entretenidos con los dos torpedos que arrojábamos al mar una y otra vez hacia el muelle de la Armada cuando llegó la correspondencia oficial de la sección de Marina de Guerra del departamento de Marina, con las órdenes que nos trasmitía don Hilario Rodríguez Malpica, en el sentido de que el capitán de navío Manuel Azueta, acompañado de oficiales y marineros selectos, debíamos marchar a Inglaterra a recoger el nuevo transporte de guerra que el gobierno mexicano había mandado construir. Debíamos llevarlo directamente al puerto de Salina Cruz, en el estado de Oaxaca. Es decir, habría que darle media vuelta al mundo esta vez, lo cual me llenó de alegría.

Nomás me despedí de María de la Luz y le di un beso a mi José y corrí al pailebot de la Hamburg Amerika Linie que nos llevó a Nueva York y de allí al puerto de Liverpool, en cuyos astilleros se fabricó el *Guerrero*, como se llamaba el nuevo barco. Era el más grande y poderoso buque de guerra mexicano, no sólo por su gran tamaño y capacidad para transportar tropas, sino por su artillería. Disponía de seis enormes cañones de alto calibre, colocados en la proa y en la popa y dos en cada banda, con el suministro eléctrico de los proyectiles, así como un par más pequeños en el puente, superando así a los cañoneros. Por si fuera poco, cada cañón estaba cubierto por un mantelete de acero, que protegía a los condestables y cabos de cañón del fuego enemigo, lo que no sucedía en el resto de los barcos de la Armada. Esta innovación del blindaje de las piezas encantó a los que debían servirlas. El comandante Azueta estaba sumamente orgulloso de esta comisión porque, me dijo, jamás soñó en navegar en un buque tan moderno y tan bien equipado, el cual podía desarrollar la velocidad de diez millas. Compartí la exaltación de mi capitán, máxime cuando vi que en el puente estaban los más modernos instrumentos, además de que la caña del timón ya no se movía con poleas sino mediante un sistema hidráulico, lo cual para mí resultó una novedad. Don Manuel me dijo que esos eran los avances de la técnica.

Zarpamos de Liverpool y pusimos proa al Atlántico del sur, siguiendo la ruta determinada por Azueta, que decidió estar todo el tiempo en el puente. Trazó la ruta con precisión, disponiendo que primero iríamos a las islas Canarias, repostando carbón en Las Palmas y luego atravesaríamos el océano hasta el puerto brasileño de Recife, para luego enfilar más hacia el sur, hasta el estuario del río de la Plata y atracar en Buenos Aires, ciudad que me impresionó por su magnificencia. Allí invitaron a toda la tripulación, desde el comandante y oficiales hasta los fogoneros, grumetes y servidumbre, a una comida que nos ofreció la Armada argentina. Días después llegamos a Punta Arenas, ya en pleno estrecho de Magallanes, donde los chilenos nos recibieron con un derroche de comida y bebida que hizo que varios tripulantes, de todas las clases y hasta algunos oficiales, llegaran dando tumbos al *Guerrero*. Luego vino el momento más emocionante del viaje, en el que

Azueta tranquilizó a los jóvenes aspirantes que muy nerviosos miraban el paisaje aterrador de los acantilados que casi se nos venían encima cuando navegábamos por los angostos canales. Yo sólo acertaba a girar el timón y a cantar el rumbo cada vez que mi comandante Azueta me lo ordenaba, ya fuera a babor o a estribor, con prontitud porque yo bien sabía de la precisión de los cálculos mentales que mi comandante realizaba y que siempre eran exactísimos.

En la parte más estrecha, Azueta ordenó que se disparara una pieza de artillería con un cartucho de salva, para que los aspirantes escucharan el efecto atronador del cañonazo en un espacio cerrado, pero sobre todo para que sintieran en sus oídos el retumbar de los ecos de la detonación. Ése fue mi mejor día en el mar, ya lo dije al inicio de este *diario.*

Salimos del estrecho y nos dirigimos al puerto chileno de Talcahuano, donde repostamos. A la vista de Iquique, Azueta refirió a los aspirantes la historia de la batalla naval allí librada entre la corbeta *Esmeralda*, de la Armada de Chile, al mando del capitán Arturo Prat, y el monitor blindado *Huáscar*, de la peruana, dirigido por el capitán Miguel Grau, que terminó con la muerte del primero y el hundimiento de su nave, sorprendiendo a todos que Grau ordenara al final que no se disparara a los náufragos y que se les subiera a bordo, convirtiéndose así en ejemplo de caballerosidad en el mar. Por esa razón, los dos, Prat y Grau, son los héroes navales de sus naciones. Continuamos el viaje deteniéndonos en El Callao para tomar carbón, arribando a Salina Cruz una semana después, con la misión cumplida.

En el muelle de Salina Cruz, donde atracó el *Guerrero*, nos esperaba una figura familiar que divisamos desde el puente de mando: era el capitán de fragata Hilario Rodríguez. Abordó para notificarle a don Manuel Azueta que venía a relevarlo del mando del transporte para que volviera como director de la Escuela Naval. Después don Hilario ordenó, para desilusión de toda la tripulación, que se repostara carbón y se prepararan para zarpar de inmediato. Todavía don Manuel alcanzó a preguntar sobre la nueva misión del buque y don Hilario respondió que cumplirían una orden directa del presidente de la República, por lo cual no podía decirle de qué se trataba. Azueta le dijo que lo comprendía y al retirarse don Hilario le pidió un favor personal: que si bien "Pepe el timonel" sólo estaba comisionado para traer el barco desde Inglaterra, le rogaba que me permitiese quedarme para cumplir con esa misión especial. Azueta me interrogó con la mirada y yo asentí.

Iríamos a Nicaragua, al puerto de Corinto, a rescatar al presidente de aquel país, José Santos Zelaya, quien había sido depuesto de su cargo por un golpe de Estado promovido por los Estados Unidos. El presidente nicaragüense se había refugiado en la legación de México, y nuestro ministro en ese país de inmediato pidió instrucciones a nuestra cancillería. El general Díaz ordenó que se le diera toda la protección necesaria, a la vez que se enviaría un buque de guerra mexicano a rescatarlo. Cuando don Porfirio se entrevistó con el capitán de fragata Hilario Rodríguez Malpica fue muy claro y tajante en sus órdenes: el *Guerrero* debía recoger y traer a México al presidente nicaragüense, a pesar de la posible oposición de los Estados Unidos. Le dijo que si las naves de ese país hostil se interponían, que abriese fuego hasta que el buque mexicano se hundiese si era necesario, pero jamás se entregaría al asilado. Decía don Hilario que nunca había visto a don Porfirio tan enojado. Ésa era la urgencia, así que de inmediato el *Guerrero* puso proa al sur, rumbo al puerto de Corinto, al que llegamos en un par de días.

Al llegar, supimos que el presidente depuesto salió de Managua, la capital, en ferrocarril y ya estaba en la casa que fungía como consulado de México que estaba rodeada por tropas de la infantería de marina de los Estados Unidos. A la vista estaban fondeados tres o cuatro cañoneros que ostentaban la bandera de las barras y las estrellas. La salida iba a ser difícil, pero las órdenes son para cumplirse y con mucha atención pero con un nudo en la garganta, escuché cuando don Hilario instruyó a los oficiales a que armaran y municionaran a la marinería y a que eligieran un pelotón de desembarco para que lo acompañara al consulado mexicano a rescatar a Santos Zelaya. Dejó a los condestables y cabos de cañón en sus puestos, con las piezas cargadas y a mí me ordenó que permaneciese a bordo del *Guerrero*, atento a los movimientos de los cañoneros y listo para zarpar en cuanto regresara. Don Hilario empuñó su espada y al cinto se colocó una pistola y seguido por varios oficiales y una veintena de marineros con sus fusiles terciados y la bayoneta calada, desembarcó y en perfecta formación comenzó a desfilar hacia el centro de Corinto. Yo me puse a vigilar los cañoneros: eran el *Yorktown*, el *Vicksburg*, el *Princeton*, y un poco más allá, afuera de la rada, uno más grande, un crucero de batalla, el *Albany*. Traté de contar sus cañones pero no pude hacerlo, sólo me di cuenta de que eran muchísimos. Si había que combatir, pensé, la peor parte la llevaríamos nosotros, lo cual me aterró.

Don Hilario me contó después que al frente de sus marineros y con la bandera mexicana desplegada, avanzó por las calles de Corinto hasta llegar al consulado de México que estaba rodeado de "marines", como les decían, quienes para provocar una reyerta pusieron una de sus banderas en el suelo; buscaban que los mexicanos la pisaran y eso sirviera de pretexto para abrir fuego. Don Hilario detuvo su columna, le ordenó presentar armas, y él personalmente recogió la bandera y se la entregó a un oficial de aquel país. Los "marines" no tuvieron más que rendir honores a su vez a nuestra enseña nacional. Así pudo escoltar al presidente José Santos Zelaya al *Guerrero*, ordenando de inmediato la partida, la que hicimos temerosos. Don Hilario, en señal de respeto al gobernante depuesto, ordenó izar, en el palo de trinquete, la bandera de Nicaragua. Pero no pasó nada, al contrario, tiraron unas salvas de honor a las cuales respondimos y luego, a toda máquina, pusimos proa a costas mexicanas.

Cuando desembarcamos, don Hilario me pidió lo acompañara a la Ciudad de México escoltando al presidente nicaragüense. Fuimos a Palacio Nacional para que el asilado se entrevistara con don Porfirio y yo esperé abajo, en el patio de honor, hasta que me mandó llamar el contraalmirante Ortiz Monasterio para ordenarme que me fuera a Veracruz pero no antes de que pasara por su oficina para recoger el despacho de primer contramaestre, firmado por el propio presidente de la República. Brinqué de la satisfacción: ¡ya era oficial de la Armada! y salí tan entusiasmado que me fui a la tienda donde se surtían los militares, La Principal, en la calle de Tacuba, para comprarme un sable de oficial naval, una gorra blanca con el águila dorada y unas palas con mi nuevo grado.

Cuando regresé a la Escuela Naval, don Manuel Azueta, me felicitó cordialmente por mi merecida promoción a primer contramaestre y me recomendó que me pusiera a estudiar todos los deberes y obligaciones de mi nuevo grado, ahora ya como oficial subalterno. También me dijo que ya podía designarme oficialmente profesor de la materia de movimientos de bajeles y que me adscribiría a la oficina de la Escuela para que ayudara en las labores administrativas, porque él, como capitán de navío, sólo podía servirse de un elemento perteneciente a las clases o a la marinería como ordenanza. Le pedí que hiciera una excepción y me permitiera permanecer en la antesala de su despacho, a lo cual se negó. Pero luego lo pensó mejor y me ordenó que aprovechara las horas en que estaba sentado afuera de su oficina para escribir un pequeño manual de la materia que impartía en la escuela, porque todos los existentes eran antiguos y se requería uno que, además, fuera mexicano, para que los alumnos no estudiaran en libros extranjeros. Y yo, que jamás había escrito nada salvo diarios de navegación y cuadernos de bitácora, me vi en el serio predicamento de ponerme a estudiar y pergeñar la teoría combinada con mi experiencia como timonel.

Así, mientras daba clase, comencé a escribir el manualito. Empecé con las definiciones esenciales de lo que es el timón y los tipos que hay; la transmisión a través de la caña y la acción de la rueda de cabillas. Luego explicaba el efecto de la fuerza del agua sobre la superficie del timón, su torsión o adrizamiento, el comportamiento del timón en aguas agitadas así como en la marcha atrás, cuyo dominio es difícil. Luego los efectos combinados de la hélice y el timón, con sus variables, por ejemplo, cuando el buque parte de reposo, o con arrancada avante, o bien, lo que sucede cuando las naves cuentan con dos hélices, tanto en marcha adelante como para atrás.

La segunda parte, según lo pensé, estaría dedicada a las maniobras. Establecí primero la capacidad dinámica del gobierno de una nave desde la rueda, las maniobras básicas pero fundamentales para fijar la estabilidad del rumbo, que son la clave de un buen timonel, así como las maniobras para la recuperación del rumbo. Expliqué la acción de virar a babor o a estribor y la determinación del punto de giro, para luego desarrollar diversos tipos de maniobras específicas, como las de navegación costera y de altura, o las de fondeo con una o dos anclas, atraque y amarre en un muelle, o las de navegación contra corriente, con mar agitado o en tempestad, remolque de altura o en puerto y, con mi vivencia en los mares del sur, hasta pude incluir una seccioncita de la navegación entre témpanos de hielo. También escribí sobre las maniobras de aproximación a buque en movimiento o detenido y las de salvamento en círculos, cerrando con una tercera y última parte en donde expuse las maniobras en batalla, como el gobierno de una nave en convoy o en línea, la navegación bajo fuego enemigo, o bien cuando la nave propia es la que lo abre, el bombardeo de costa, la acción de desembarco, y como corolario, la manera de esquivar torpedos zigzagueando, maniobra esta que don Manuel Azueta me pidió incluyera en el texto. No sé cómo, pero pude concluir el manualito de la clase de movimientos de bajeles y tuve el alto honor de que mi comandante Azueta obtuviera la autorización de la superioridad para publicarlo y convertirlo en libro para los alumnos de la Escuela Naval.

En el último semestre, impartí clase a los alumnos Manuel Azueta chico e Hilario Rodríguez Malpica hijo, quienes obtuvieron el primero una mediana calificación, pero el segundo, tan indisciplinado como brillante, mereció la más alta con la mención de sobresaliente, quedándome con la impresión de que ese joven tenía un talento natural para la navegación. En la ceremonia de graduación de su antigüedad, los dos muchachos recibieron ante sus orgullosos padres sus sables de mando que los acreditaban como aspirantes de primera de manos del contraalmirante Ángel Ortiz Monasterio, quien ya había anunciado su retiro de la Armada. Los dos jóvenes fueron de inmediato comisionados a distintos barcos para realizar sus prácticas profesionales, presentar más tarde su examen profesional y ascender al grado de subteniente de la Armada. En la misma ocasión, que también sirvió de bienvenida a los alumnos de nuevo ingreso que causaban alta en el plantel, el contraalmirante Ortiz Monasterio, en presencia de Manuel Azueta, director de la Escuela Naval, y de Hilario Rodríguez Malpica, nuevamente jefe de la sección de Marina de Guerra del departamento de Marina de la Secretaría de Guerra y Marina, hizo entrega a los jóvenes noveles José Azueta Abad y Mario Rodríguez Malpica de sus espadines. La tradición de esas familias de marineros se renovaba.

Iniciamos el año del centenario de nuestra Independencia nacional con mucho trabajo. El gobierno dispuso que la Armada participara muy activamente en las conmemoraciones, sobre todo porque varios países amigos anunciaron que enviarían representaciones navales a nuestro país. El nuevo jefe del departamento de Marina de la Secretaría de Guerra y Marina, el capitán de navío don Manuel Izaguirre, encargó a Hilario Rodríguez Malpica la organización general de la operación Centenario, disponiendo que don Manuel Azueta fuese el encargado de recibir y conducir a las delegaciones que arribarían por Veracruz rumbo a la Ciudad de México, arreglando todo lo necesario, desde las salvas de honores a la llegada de cada buque hasta su alojamiento en el puerto, actividades y visitas y su traslado a la capital, donde su estancia y participación ya pasaría a la responsabilidad de don Hilario. Pronto supimos que serían tres los buques de guerra extranjeros que atracarían en Veracruz con la finalidad de que sus elementos concurrieran al desfile del 16 de septiembre por las principales calles y avenidas de la capital. Azueta dispuso el operativo en el puerto, designándome como ayudante general o, como él me decía, como su jefe de estado mayor especial. Me correspondió desde estar atento al arribo de cada buque para saludarlos con la artillería de nuestros barcos surtos en Veracruz y con las baterías de San Juan de Ulúa, hasta procurar alojamiento para los oficiales extranjeros y adquirir los boletos de tren para, más tarde, despedirlos igualmente con honores. ¡Era un trabajo muy complicado!, y cuando se lo comenté a don Manuel, él nomás se sonrió y me dijo que esas eran precisamente las misiones en las que don Hilario era experto y por eso lo tenían la mayor parte del tiempo en la sección de Marina de Guerra y no navegando, porque era un gran organizador. Me envió a la Ciudad de México un par de semanas a recibir instrucciones y capacitación directamente de don Hilario, del cual aprendí mucho, hasta la importancia de que a los invitados se les dé de comer bien.

Pronto llegaron los barcos: el crucero alemán *Freya*, y las fragatas *Sarmiento* y *Constant*, de la Argentina y del Brasil. Por el Pacífico, en el puerto de Manzanillo, arribó la fragata francesa *Montcalm*, la cual fue atendida por el propio don Manuel Azueta, quien se trasladó hasta allá porque traía a bordo a un almirante; había dejado el mando de la escuela al capitán de fragata Othón P. Blanco, designado subdirector del plantel. La dotación de cada barco, la que había que atender y llevar a la capital era más o menos de 150 hombres cada uno, entre oficiales, cadetes y tripulación, con la particularidad de que el personal de las cuatro naves desfilaría con armas. Sería la primera vez que militares extranjeros lo harían en son de paz en México. Así, mientras don Manuel recibía en Manzanillo al almirante De Castries y al capitán De Chambrun del *Montcalm*, don Othón, a quien yo acompañaba, recibió al capitán Schaumann, del *Freya*; al capitán Perri, de la *Constant* y al capitán Fliess, de la *Sarmiento*, a los cuales alojamos en casas particulares del puerto y les ofrecimos una comida en la Escuela Naval. A sus tripulaciones también les dimos un ágape de confraternidad en el malecón de Veracruz, en el que cada marinero extranjero fue atendido por un marinero mexicano, mientras los alumnos de la Escuela Naval eran los comisionados de atender a los cadetes de las escuelas de los otros países. Más tarde, en ferrocarril, me ordenaron que los llevara a la Ciudad de México, donde encontramos a don Manuel Azueta, quien tomaría el mando de la Escuela Naval para participar en el gran desfile de la Independencia.

El desfile fue magnífico; a la Armada le correspondió iniciarlo, marchando al frente del contingente el capitán de navío don Manuel Izaguirre y como jefe de estado mayor el capitán de fragata Hilario Rodríguez Malpica. Los seguían los oficiales, cadetes y marineros de los cuatro buques extranjeros, todos con su bandera desplegada y armados, marchando marciales e inclinando sus enseñas en señal de respeto al presidente Porfirio Díaz cuando pasaban por debajo del balcón central de Palacio Nacional. Luego seguía la Escuela Naval Militar, con bandera y banda de guerra, al mando de su director, Manuel Azueta, y de su subdirector, Othón P. Blanco. Yo figuraba en ese grupo de comando. Luego iban los alumnos que al paso de parada arrancaban las ovaciones de la multitud. Por supuesto, entre el grupo de alumnos se encontraban José Azueta y Mario Rodríguez Malpica. Cerraba el contingente naval un trozo de marineros enviados por cada uno de los barcos de la Armada de ambos litorales.

Fue todo un éxito y don Porfirio felicitó a los jefes de la Armada que se habían hecho cargo del operativo. Terminadas las fiestas, volvimos a Veracruz. La vida transcurría normal y plácidamente en la Escuela Naval cuando nos llegaron noticias de un episodio sangriento en Puebla y luego de un levantamiento revolucionario en Chihuahua, pero no parecía nada grave. Por esos días Manuel Azueta fue a México a recoger el despacho con su ascenso a comodoro, firmado por el presidente y supimos que a don Hilario también lo ascendían a capitán de navío, pero la alegría de ambos se tornó en preocupación: de pronto, don Porfirio renunció a la presidencia. La Revolución derribó al que ya llamaban "dictador".

CUARTA PARTE

Fuego por ambas bandas

Con el ascenso a comodoro, Azueta debía dejar la dirección de la Escuela Naval, pues no era plaza para ese grado. Se le notificó que mientras asumía el mando de la flotilla del golfo, quedaría adscrito al Arsenal Nacional, en el castillo de San Juan de Ulúa, como su comandante. En lo que llegaba su relevo, permanecería unos días en el plantel. También llegó una orden, firmada por don Hilario, para que Othón P. Blanco, dejara la subdirección de la escuela y se trasladara al Pacífico para convertirse en comandante del *Guerrero*, lo que efectuaría en algunos días más, los suficientes para que ambos jefes presenciaran un espectáculo tan triste como inolvidable: el personal completo de alumnos, profesores y tripulación de la escuela formó una valla en el malecón de Veracruz, cerca del muelle de la T, para despedir al general Porfirio Díaz. Tras renunciar a la presidencia, se embarcó en el vapor alemán *Ipiranga* y dejaría el país exiliado. Pude ser testigo del gesto duro pero tembloroso que reflejaba el ánimo de don Porfirio cuando recorría las filas mientras yo, en la posición de saludo con el sable des-

112

envainado, también me contagiaba y me fijé que a más de uno se le saltaron las lágrimas.

Don Porfirio caminaba muy despacio, como si no quisiera irse, agradeciendo a cada uno con inclinaciones de su cabeza. Lo acompañaban su esposa doña Carmelita y otras personas más, que subieron primero al barco mientras el hombre que gobernó a México por más de tres décadas se despedía de los militares que lo habían escoltado en ese último trayecto, entre quienes estaban don Manuel Azueta y Othón P. Blanco, así como un general del ejército cuya cara se me hizo conocida, pero a lo lejos no podía percatarme muy bien de quién era. Luego, don Porfirio subió peldaño a peldaño, con paso inseguro y lento, las escalinatas del *Ipiranga*, y al llegar al final, ya en la cubierta del vapor, se quitó el sombrero y agitándolo se despedía de toda la gente que en tierra lo aclamaba. Nosotros permanecimos en posición de saludo hasta que el *Ipiranga* soltó amarras y comenzó a separarse del muelle. Todavía durante unos minutos, los que tardó el barco en salir del puerto, vimos a don Porfirio ya en la popa que no perdía de vista al país que nunca volvería a ver.

Cuando nos retirábamos, mientras el clarín de órdenes tocaba las necesarias para que los alumnos, a paso redoblado, se dirigieran por brigadas a la Escuela Naval, los profesores nos reunimos con Manuel Azueta, quien se despedía del general, y de inmediato recordé quién era: Victoriano Huerta. Luego supe que don Porfirio lo había elegido para que fuera el comandante de la escolta que lo condujo de la capital al puerto. Me fijé que don Othón P. Blanco se acercó a él y lo saludó, mientras el general, que parecía muy contento de volver a ver a nuestro subdirector, lo abrazó con afecto y lo tomó del brazo.

113

Más tarde el mismo don Othón me dijo que había invitado a Huerta a comer a su casa y luego lo había acompañado a la estación del tren. No me atreví a preguntarle de lo que platicaron, porque el mismo don Othón se anticipó y me recordó lo que me había dicho antes: había que prever el futuro y asegurarlo. Sólo me dijo que si el mismo don Porfirio había elegido al general Huerta como jefe de su escolta, era probablemente porque lo consideraba algo así como su heredero, razón por la cual era importante cultivar su amistad.

En la Escuela Naval esperamos varios meses que llegase el relevo del comodoro Azueta, el capitán de fragata José Servín, y por ello presenciamos el examen profesional del aspirante de primera Hilario Rodríguez Malpica, fungiendo como presidente de su sínodo don Manuel, quien me invitó para que fuera uno de los sinodales. El muchacho obtuvo el puntaje más alto, el diez absoluto, en las pruebas de artillería, navegación, maniobras y astronomía, por lo cual resultó aprobado por unanimidad, por lo que obtuvo el grado de subteniente de la Armada. A los pocos días, se recibió la orden, firmada por don Hilario padre, en la que se instruía al chico a presentarse en el cañonero *Tampico*, como oficial de cubierta. El trabajo era mucho, no podíamos aun dejar la escuela pero el comodoro Azueta asumió el mando del Arsenal Nacional, así que nos repartíamos para atender ambas responsabilidades, entre las cuales estaba la organización del viaje de prácticas de los alumnos. Quise ir, pero don Manuel no me dejó pues deseaba que yo fuera su ayudante en la flotilla del golfo porque al haber ascendido al generalato o almirantazgo, tenía derecho a un oficial en su ayudantía; me prometió, además, que sería designado su timonel de bandera cualquiera que fuera el barco en el que decidiera enarbolar su insignia de comandante. Por esta razón, vimos partir al velero escuela *Yucatán* en el que viajaban José Azueta Abad y Mario Rodríguez Malpica.

Los despedimos en el muelle de la Armada, en el que estaban atracados los demás barcos de la flotilla del golfo que estarían bajo el mando de mi comodoro Azueta: la veterana *Zaragoza*, el cañonero *Veracruz*, el transporte *Progreso* y los cañoneros gemelos *Bravo* y *Morelos*, aunque este último partiría hacia el Pacífico, para reforzar al *Tampico* y al *Guerrero*. Azueta mandaría barcos muy buenos, los mejores que México había tenido hasta entonces, gracias a don Porfirio. Ojalá los nuevos gobiernos continuaran fortaleciendo a la Armada.

Supimos que el nuevo presidente interino de la República, Francisco León de la Barra, había ratificado como jefe del departamento de Marina al comodoro Manuel Izaguirre; en la sección de Marina de Guerra se quedaría, como siempre, Hilario Rodríguez Malpica, quien iría a Veracruz a la ceremonia de entrega del sable de mando de la flotilla del golfo a Manuel Azueta. Ése era el pretexto, pero en realidad quería pedirle un favor a mi comodoro: que le prestara uno de los barcos para una misión confidencial para la que no tenía autorización del jefe del departamento. Por eso acudía a su amigo, que ya podía disponer los viajes y patrullas de las unidades a su mando. Más tarde don Hilario me contó que se habían enterado de que el candidato a la presidencia de la República, el hombre que se había levantado en armas contra don Porfirio, Francisco Ignacio Madero, andaba en campaña política y logró llegar a

Yucatán con muchas dificultades, porque el viejo barco en que viajó a la península hacía agua y estaba en tan mal estado que le recomendaron no regresar en él porque ponía en riesgo su vida, la de su esposa y la de su comitiva. Se encerraron a platicar y don Hilario convenció a Azueta. El cañonero *Veracruz* partiría de inmediato, al mando de Rodríguez Malpica como comandante accidental, llevándome a mí al timón, puesto que el favor, como dijo don Hilario, debía ser completo y deseaba que yo lo acompañara.

Zarpamos de Veracruz y pusimos proa hacia la isla del Carmen. Don Hilario me contó que había conocido semanas atrás a Madero y le parecía un hombre excepcional; aunque apenas había cruzado unas pocas palabras con él, se convenció de la honestidad y sinceridad de las intenciones del caudillo de la Revolución de quien aspiraba a transformar a México. Rodríguez Malpica estaba seguro de que Madero ganaría holgadamente las elecciones presidenciales y como se había enterado de sus cuitas para trasladarse a Yucatán, pensó que la Armada podía acudir en su rescate, pues el barco era el único medio de transporte y comunicación con la península yucateca. Por supuesto, pidió permiso a la superioridad pero ni el jefe del departamento de Marina ni el secretario de Guerra quisieron apoyarlo, porque todavía suspiraban por don Porfirio. Recurrió al presidente León de la Barra, quien le dijo que sí, pero rogándole que no se enteraran los mandos militares y navales. El presidente interino, muy cauto y timorato, como decía don Hilario, le pidió que no mencionara a nadie que él había dado el permiso, el que por supuesto fue sólo verbal y no constó, como toda orden, por escrito. Afortunadamente, su amigo Azueta creyó en su buena fe y por eso viajábamos a recoger a Madero.

En Ciudad del Carmen sólo encontramos a su esposa, doña Sara Pérez de Madero, quien nos informó que en una panga su esposo se había adelantado a Campeche, a donde nos dirigimos con ella. Me resultó altamente simpática por su sencillez y su amor desinteresado a lo que hacía su marido. Se negó a comer con los oficiales y quiso hacerlo con la tripulación. Cuando escuché esto, don Hilario se me quedó mirando como diciéndome "¿qué te parece?"

Más tarde, Madero subió al cañonero *Veracruz,* lo primero que hizo fue darle un beso a su esposa y luego un fuerte abrazo a don Hilario. Después de que levamos anclas, pasó a saludar a todos y a cada uno de los miembros de la tripulación, agradeciéndoles, con toda amabilidad, el favor que le estábamos haciendo. Luego, se instaló por varias horas en el puente y en algún momento don Hilario nos dejó solos. Mientras yo estaba al timón, comenzó a platicar conmigo. No sabía cómo tratarlo pero no fue necesario, él fue quien me interrogó; no me preguntó nada de mi trabajo ni de la Armada, sino que quería saber de mí, dónde había nacido y de mi familia. Le conté de mi vida, de mi esposa y de mis hijos mayores, él se mostraba interesado. De pronto miró el mar y me dijo que a él le parecía que la inmensidad del océano se le figuraba como la del desierto donde él había nacido así que teníamos algo en común, el gozo por los inacabables horizontes. Luego le platiqué de mi hijo José y se me ocurrió contarle la anécdota del licor de la diosa Venus que compré en Mazatlán y él me dijo que a lo mejor sí tenía que ver con el nacimiento de mi pequeño, porque como era homeópata, sabía por experiencia que la potencia de esas medicinas está no tanto en la sustancia sino en la mente de quien las toma, porque es la voluntad del ser humano la que obra milagros en la salud de las personas.

Más tarde, mientras veíamos la puesta del sol a babor, me di cuenta de que los dos esposos descansaban en unas sillas de lona. Ella aprovechaba la tranquilidad para zurcir un botón del saco de su marido. Al llegar a Veracruz, subieron al puente a despedirse de mí con amabilidad y él me dijo que esperaba de todo corazón volver a verme. Quedé convencido de que Madero era, sin duda, un gran hombre y cuando le platiqué a María de la Luz lo que me había dicho y cómo me había tratado, ella me dijo que tenía que votar por él en las elecciones.

Madero ganó la contienda democrática y se convirtió en presidente. Decidió dejar intacto al antiguo ejército federal, el de don Porfirio, por lo que fue criticado por sus mismos partidarios, quienes le decían que no podía confiar en los generales, jefes y oficiales que eran leales al viejo régimen, pero Madero, que creía en la natural voluntad y buena fe de todos, estaba seguro de que los soldados mexicanos cumplirían con el deber de ser leales al gobierno legalmente constituido. Sus partidarios lo convencieron de que nombrara a alguien de su entera confianza para velar por su seguridad personal y de la organización de las ceremonias en las que participara el presidente. Estos deberes correspondían al jefe del estado mayor presidencial y Madero resolvió encomendarle esta comisión al militar profesional que más amablemente lo había tratado y que, por casualidad, era marino: Hilario Rodríguez Malpica, de quien además le dieron las mejores referencias de sus cualidades de administrador y organizador. Don Hilario me contó que cuando fue invitado a ser jefe del estado mayor presidencial, sólo le pidió permiso al presidente para designar a los oficiales del ejército que ocuparían la ayudantía, así como los otros puestos que estarían bajo su responsabilidad. Madero aceptó, por supuesto, y don Hilario comprobó que no sería sencillo cuidar a ese gobernante que, a diferencia de don Porfirio, le gustaba romper protocolos y escaparse de la vigilancia, como el día que le pidió a don Hilario que lo acompañara al campo de Balbuena, donde estaban realizando una exhibición de aviones, donde a pesar de su oposición y súplicas, el presidente subió a uno de esos aparatos y, sin que pudiera evitarlo don Hilario, despegó y se fue a dar una vuelta por los cielos de la Ciudad de México. Cuando aterrizó, don Hilario le hizo prometerle que no correría más riesgos. Madero nada más rio.

Don Hilario indagó con sus amigos del ejército y logró encontrar una docena de jóvenes oficiales, capitanes y tenientes egresados del Colegio Militar, que le parecieron aptos para desempeñar las funciones de ayudantes del presidente. Ellos aceptaron y se incorporaron a la plantilla del estado mayor presidencial. También bajo su responsabilidad estaba la administración y el funcionamiento de las residencias presidenciales, tanto en Palacio Nacional como en el alcázar del Castillo de Chapultepec, posición que durante muchos años desempeñó el general Agustín Pradillo, un buen hombre que en su juventud había sido ayudante del emperador Maximiliano.

Don Hilario lo relevó y, dada la importancia del encargo, que tendría bajo su control hasta los alimentos del presidente con todo lo que ello implicaba en higiene, porque Madero era vegetariano, y en seguridad, para que no lo envenenaran, decidió invitar a alguien de su entera confianza, a un viejo amigo suyo, veterano de la Armada y que ya estaba en situación de retiro: el capitán de fragata don Adolfo Bassó, ¡mi primer comandante! Don Adolfo aceptó y tuvo que dejar su retiro en Campeche. Pasó por Veracruz antes de ir a la capital y me dio un afectuoso abrazo cuando me vio y luego de ponerse al día de mis andanzas y ascensos, me felicitó y me dijo que seguramente nos veríamos en México, porque allá necesitaban gente como yo. Me quedé pensativo porque ya Azueta me había dicho que Madero no la tenía fácil para gobernar.

Pronto sucedió el primer levantamiento militar contra el presidente, en Veracruz, frente a nuestras narices, acaudillado por el sobrino de don Porfirio, que puso en armas a algunos de los batallones que guarnecían el puerto; cuando pretendió que la Escuela Naval se sumara a su asonada, el director, capitán de fragata José Servín, temeroso de quedar mal con el gobierno pero también con los amotinados, ordenó que en el plantel se izara la bandera de la Cruz Roja, para manifestar así la neutralidad de la escuela. Esto produjo el desorden en el interior porque los alumnos José Azueta y Mario Rodríguez Malpica convencieron a sus compañeros de exigir al director que arriara esa bandera e izara el pabellón tricolor, respondiendo a los levantados que la escuela era leal al gobierno legalmente constituido. Afortunadamente el director aceptó, y aunque después don Manuel reprendió suavemente a su hijo, estaba muy satisfecho con su comportamiento. Dicen que Félix Díaz, sorprendido de la reacción de los alumnos, les mandó decir que nunca atacaría al plantel por ser hermano del Colegio Militar de Chapultepec. Quizá el "sobrino de su tío", como le decían, creyó que todos los militares y marinos mexicanos seguían extrañando a don Porfirio. Pero el motín crecía y, desde México, don Hilario transmitió una orden directa del presidente a Azueta: bombardear con los barcos de la Armada las posiciones que ocupaban los felicistas en el puerto y en San Juan de Ulúa. Así lo hicimos y bastaron unos cuantos tiros de la *Zaragoza*, en la que enarbolamos la insignia del comandante de la flotilla del golfo, para que se entregaran a las fuerzas leales al supremo gobierno.

Apenas sofocado el levantamiento de Félix Díaz, otros más aparecieron en la escena, como el de Pascual Orozco, en Chihuahua, o el de Emiliano Zapata, en Morelos. Además, la prensa se burlaba del presidente y no faltaban las ironías y hasta las groseras alusiones en las que a don Francisco lo caricaturizaban por su corta estatura comparándola con la magnitud, en todos sentidos, de don Porfirio. Madero soportaba y resistía, con la ayuda de Hilario Rodríguez Malpica, a quien resolvió ascender al grado de comodoro, por su buen desempeño y eficaz colaboración, además de que sus consejos resultaron siempre atinados y su lealtad a toda prueba, como cuando le recomendó que llamara al vicealmirante Ángel Ortiz Monasterio, porque se necesitaba de un militar leal al frente del Supremo Tribunal de Justicia Militar. Madero valoraba las prendas de don Hilario y quiso premiarlo con la promoción a comodoro, aunque se topó con el inconveniente de que no podía darle el grado efectivo, sólo bajo la denominación de "graduado", porque no había plazas disponibles en el presupuesto de la federación. Sin embargo, insistió en el ascenso de don Hilario y se le concedió en sus privilegios, pero no en el sueldo. Tenía derecho a contar con un oficial ayudante y pensó en mí. Le mandó un escueto telegrama a don Manuel Azueta pidiéndole su venia para que pasara yo a la Ciudad de México a servir en la ayudantía del jefe del estado mayor presidencial, porque deseaba darle a su oficina un "aire marinero". Don Manuel me consultó, advirtiéndome de las muchas dificultades que enfrentaba el gobierno, pero también me dijo que uno no se rehúsa a servir cuando es necesario y la superioridad lo pide, sobre todo en momentos difíciles y hasta de peligro. Por eso somos marinos militares, me dijo dándome un abrazo y deseándome buena suerte.

Como cambiaría por un tiempo de domicilio, María de la Luz se empeñó en que ella y el pequeño José irían conmigo, lo cual le agradecí profundamente porque ella siempre me decía que no viviría nunca en otro lugar que no fuera Veracruz. Cerramos la casa del callejón de las Flores, encargándosela de nuevo a los vecinos y con nuestros cachivaches, que no eran muchos porque dejamos los más ya que pensábamos regresar pronto, nos subimos los tres al ferrocarril. Al llegar a México, nos instalamos en un hotelito en el centro y pronto encontramos un minúsculo departamento, nuevecito, en la calle Versalles de la colonia Juárez, muy cerca de la casa particular del presidente y de la de don Hilario. Para colmo de bienes, a un par de cuadras, en la avenida Chapultepec, había una escuela primaria donde pudimos inscribir a José y donde por recomendación del vicepresidente de la República y ministro de Instrucción Pública, José María Pino Suárez, contrataron a mi mujer como maestra. Ella se atrevió a romper sus principios pedagógicos porque no confiaba en la gente de la capital y creía que, si no estaba al pendiente, iban a pervertir a nuestro hijo.

Me incorporé de inmediato al servicio y aunque don Hilario tenía que ir y venir del centro al alcázar del Castillo de Chapultepec, las oficinas del presidente, las del jefe del estado mayor presidencial y las del intendente estaban en Palacio Nacional, lugar al que fui adscrito y donde comencé a auxiliar como amanuense al comodoro. Me sobraba tiempo para bajar al patio de honor y meterme en el despacho de Adolfo Bassó, a quien le agradaba que platicáramos y recordáramos los días en que navegamos en el cañonero *Libertad*. Luego, comencé también a acompañar a don Hilario a las ceremonias a las que acudía con el presidente, que él también organizaba, elegía los sitios, seleccionaba a los invitados y establecía el perímetro de seguridad; a veces yo me encargaba de rotular las cartas en las que se convidaba a alguien a asistir a algún evento, o bien informando a las personas que habían pedido cita con Madero del día y la hora en que los recibiría. Era un trabajo arduo y agotador, pasaba casi todo el tiempo en el escritorio con algunas que otras salidas, en las que debía portar, escondido en el uniforme, una pistola porque si alguien pretendía acercarse con intenciones hostiles al presidente, los ayudantes militares debían derribarlo de un balazo sin miramientos, pues todos tenían muy presente el atentado que había sufrido don Porfirio por un hombre que pretendió acuchillarlo. Uno de los jóvenes capitanes, Gustavo Garmendia, nos enseñó una colección de recortes de cómo habían sido asesinados en público varios de los presidentes de los Estados Unidos de América: Abraham Lincoln, James Garfield y William McKinley. Don Hilario dispuso que realizáramos ejercicios para aprender a reaccionar ante un episodio semejante.

Un día, en el patio de honor, acompañé a don Hilario a recibir al presidente que llegaba de Chapultepec. Mientras el corneta de guardia entonaba la marcha de honor y los soldados terciaban armas, el comodoro se acercó a la portezuela del coche para abrirla. Al bajar, a Madero se le cayó un cartapacio que yo me apresuré a recoger. Se lo entregué y me reconoció: ¡"Pepe el timonel"!, dijo, y recordó que me había dicho que nos encontraríamos de nuevo muy pronto. Ante el azoro de los demás oficiales, me dio un abrazo y me pidió que llevara a mi familia a visitar Palacio y conocerlo; agradeció que le diéramos un aire naval al estado mayor presidencial y me pareció evidente que el presidente se sentía más a gusto entre marinos que entre militares. Cada vez que me lo encontraba, a partir de ese momento, don Francisco me preguntaba si no extrañaba el mar. Yo le decía que sí, porque en México lo único que veía eran casas y gente. Me percaté de que su sonrisa era de tristeza cuando me replicaba que él sólo veía problemas y la cerrazón de muchas personas.

Un domingo, cuando aún no amanecía, tocaron desesperadamente la puerta de mi departamento. Me levanté de la cama para abrir y vi que Adolfo Bassó venía muy agitado. Me ordenó que me vistiera de inmediato y tomara mi pistola. Una parte de la guarnición de la plaza se había levantado en armas contra el gobierno y había sido asaltado el Palacio Nacional, hacia donde nos dirigíamos. Al llegar, nos percatamos con gusto de que ya había sido recuperado por el general Lauro Villar, y allí supimos que don Hilario se había ido a Chapultepec a alertar al presidente y que había ordenado que nos acuarteláramos en palacio pues el presidente iría para allá. En el edificio había muchísima gente; los amotinados, que resultaron ser los alumnos de la Escuela Militar de Aspirantes, estaban ya desarmados y en calidad de prisioneros. El general Villar puso al tanto de la situación al capitán Bassó y él, de inmediato, desde la oficina de la intendencia, se comunicó por teléfono con el alcázar de Chapultepec para informar a don Hilario que el palacio estaba ya en manos leales. El comodoro indicó que el presidente saldría escoltado por los alumnos del Colegio Militar, por lo que debíamos permanecer en nuestro puesto para esperarlo.

De pronto, sonó la corneta con las llamadas de alarma. Corrimos a donde estaba el general Villar, quien nos explicó que otro grupo de alzados estaba frente a las puertas del palacio con intenciones hostiles. Villar ordenó a sus soldados, que no eran muchos, si acaso dos centenares, que se colocaran en línea frente a la fachada y esperaran instrucciones tendidos en el suelo, en posición de tirador. Don Adolfo y yo fuimos nuevamente a la intendencia; ahí abrió un enorme armario y extrajo de él una gran ametralladora con tripié y me pidió que lo ayudara a llevarla afuera. La pusimos en la puerta central del palacio y mientras él acompañaba al general Villar a parlamentar con quien parecía ser jefe de los alzados, yo monté el arma y la abastecí de municiones. Bassó regresó a donde yo estaba y me dijo que los amotinados eran el prestigiado general Bernardo Reyes y Félix Díaz, quienes intimaron la rendición del palacio a través del general Gregorio Ruiz. Villar se negó y arrestó al enviado. Esto enojó al general Reyes, quien se distinguía a lo lejos por su espesa y abundante barba. De pronto, azuzó al caballo que montaba y, seguido por sus hombres, se lanzó contra nosotros, intentando penetrar al palacio. Se escuchó la voz del general Villar: ¡Fuego! y comenzó la balacera. Don Adolfo se instaló en el tripié de la ametralladora, me ordenó que fuera alimentándola de parque y accionó el gatillo. Aturdido por el tableteo ensordecedor, veía cómo la boca de la ametralladora escupía fuego. No tuve tiempo ni de asustarme. Me percaté de la buena puntería de don Adolfo, pues las balas se incrustaron exactamente en la frente del general Bernardo Reyes, que cayó muerto. Esto desconcertó a los atacantes, que se replegaron a la Ciudadela. Don Adolfo y yo recogimos, con la ayuda de algunos soldados, el cuerpo inerte de Reyes y lo metimos a palacio, donde nos encontramos al valiente general Villar con serias heridas.

Más tarde don Francisco se instaló en su despacho, rodeado por sus ayudantes, listos para repeler cualquier atentado. Don Hilario nos felicitó y nos contó que al enterarse de la herida de Villar, el presidente había designado comandante militar de la plaza al general Victoriano Huerta. Luego, Rodríguez Malpica se encerró con el presidente, que estaba con el general Ángel García Peña, secretario de Guerra y Marina y el general Huerta; temía dejarlo solo con ellos pues dudaba de todos los militares. Mientras, don Adolfo y yo fuimos a ver el cadáver de Bernardo Reyes y nos llamó la atención que, como dijo uno de los prisioneros, el finado había predicho su propia muerte para ese día, incluso vestía calzoncillos de seda, para que, si lo mataban, se dieran cuenta de que era gente decente. No pudimos evitar reírnos de tan macabros conceptos mientras los familiares del amotinado recogían sus despojos para llevarlos a sepultar.

Cuando terminó la reunión en el despacho presidencial, don Hilario me ordenó que lo acompañara. La situación era muy grave, ya que el gobierno carecía de tropas suficientes para sofocar el alzamiento. Me dijo que llevara mi pistola y un fusil con suficiente dotación de municiones porque iríamos con el presidente, de manera secreta, a Cuernavaca. Nos subimos a un coche en el que iba el chofer con don Francisco en los asientos delanteros y don Hilario y yo en el trasero, con las armas en la mano. Fuimos a buscar al general Felipe Ángeles, un hombre muy leal a Madero y lo trajimos de regreso al filo del anochecer. En todo el camino don Francisco no pronunció ni una palabra. Al llegar a palacio, pedí permiso para ir a casa a recoger ropa y unas cobijas, así que corrí, abracé y besé a mi esposa y a mi hijo, y luego me dispuse a acuartelarme, durmiendo desde ese día en la antesala de la intendencia en previsión de lo que fuera.

Durante diez días no vi a mi familia y casi no supe de ella, salvo que se la pasaron encerrados por temor a las balas perdidas que por todas partes causaban heridos y muertos, mientras en las calles se combatía y quedaban cadáveres que apestaban; era necesario quemarlos en el mismo sitio donde habían caído. María de la Luz me dijo después que, frente al edificio en que vivíamos, habían levantado una pira para incinerar a varios. Lo único bueno es que mi mujer, tan previsora siempre, tenía en la despensa mucha comida, por lo que pudieron resistir, aunque mi hijo José berreaba para que lo dejaran ir a jugar al patio. Conseguí mandarle un recado con uno de los oficiales que salió a cumplir una misión. Era el capitán Federico Montes, quien había ido a decirle a doña Sara, de parte de su esposo, que se refugiara en alguna de las legaciones de los países amigos, salvo en la de los Estados Unidos. El capitán Montes pasó luego a mi casa y me trajo unas mudas de ropa interior, jabones y zacates. Cuando regresó, luego de informar personalmente al presidente del resultado de su comisión, bajó a la intendencia a la hora de la comida para darme lo que María de la Luz me había mandado. Don Adolfo lo invitó a comer con nosotros y nos contó que doña Sara le platicó de las infamias que el embajador de los Estados Unidos andaba diciendo del presidente, así como el ambiente de espanto que se vivía en la ciudad.

Una mañana se dejaron de oír los disparos y las campanas de catedral volvieron a tañer llamando a misa de doce. Don Hilario llegó a su oficina, donde me encontraba yo con otros ayudantes y nos dijo que ya estaba por terminar la revuelta, que el general Huerta había recibido muchos refuerzos de Toluca al mando del general Aureliano Blanquet. Huerta le había prometido al presidente que en las siguientes horas ordenaría el asalto a la Ciudadela. Madero quedó complacido y dispuso que quienes quisieran fueran a sus casas a comer y a visitar a sus familias, citándolos para la tarde, cuando pensaba reunirse con los ministros para pedirles sus renuncias y designar a otros. En el ambiente se notaba la tranquilidad y me fijé que el secretario particular de Madero salía del palacio con otros funcionarios. También vimos al general Huerta salir, llevando del brazo, muy amistosamente, a don Gustavo Madero, hermano del presidente, a quien supimos invitó a comer a uno de los mejores restaurantes de la capital. Don Hilario dijo que él también comería, pero en sus oficinas y ordenó que los capitanes Garmendia y Montes relevaran a los ayudantes que estaban de servicio, recomendándoles que no dejaran solo al presidente. Escuchamos la marcha de tropas en el patio de honor y nos asomamos a la ventana don Hilario y yo. Me dijo que eran los soldados de Blanquet, quien venía al frente. Don Hilario frunció el ceño y comentó que ese hombre tenía una fama muy macabra pues se decía que, cuando era soldado raso, había sido quien le dio el tiro de gracia a Maximiliano.

A los pocos minutos, claramente escuchamos las botas de esos soldados que pisaban muy fuerte en el parquet de los corredores de la presidencia y don Hilario se preocupó porque las órdenes a la tropa eran permanecer en los patios. Abrió la puerta de la oficina y de la nada apareció un oficial con una pistola en la mano, seguido por un pelotón de soldados que nos apuntaban. El oficial nos ordenó que nos sentáramos y nos calláramos, estábamos arrestados. Resonaron dos disparos y un murmullo de gente corriendo y gritando. No supimos más hasta que al rato llevaron a la oficina de don Hilario, donde estábamos incomunicados, a los capitanes Garmendia y Montes, quienes nos contaron que cuando estaban de guardia con el presidente en el salón de acuerdos, irrumpieron dos jefes con tropa para detener al señor Madero, pero Garmendia desenfundó y mató al primero mientras que Montes hizo lo mismo con el segundo, por lo que la soldadesca, desconcertada, los dejó salir y bajaron apresuradamente al patio de honor. Ahí el general Blanquet en persona, con la pistola en la mano, encaró al presidente y lo arrestó.

A Madero lo encerraron en la antesala de la Intendencia, de donde sacaron a empellones a don Adolfo Bassó y lo llevaron con nosotros. Al rato, vinieron dos oficiales y entre gritos y majaderías, cargaron a rastras a don Adolfo, quien sólo alcanzó a decirnos adiós mientras a mí se me salían las lágrimas. Lo fusilaron por haber matado al general Bernardo Reyes. Dicen que murió con absoluta serenidad y que al enfrentarse al pelotón que lo ejecutaría, el viejo marino levantó la vista al cielo y sólo murmuró que no alcanzaba a ver la osa mayor, como en sus días en la mar. A mí, que era el de menor grado de los que estábamos presos con don Hilario, me obligaron a que le llevara la comida al presidente, que estaba con José María Pino Suárez y con el general Felipe Ángeles. Pude verlo agobiado y abatido, acababa de enterarse del asesinato con saña de su hermano Gustavo. Los prisioneros dormirían allí y, como hacía mucho frío, le ofrecí al presidente mis cobijas que tenía en uno de los armarios. Me lo agradeció y pude ver como se enrollaba en ellas. Los guardias me dijeron que sacara los orinales que ya rebozaban cuando llegaron unos rurales y se llevaron al presidente y al vicepresidente. Me hicieron a un lado porque quise interponerme y, al mirarme por última vez, don Francisco me dirigió una mirada de tal ternura que no la olvidaré jamás.

Durante un par de días yo temí que nos fusilaran, pero luego don Hilario me dijo que no me preocupara. Victoriano Huerta, que era ya el presidente, le había perdonado la vida al general Felipe Ángeles debido a una carta de Madero en la que suplicaba que a sus leales los trataran bien y no les hicieran nada. Allí, junto con los nombres de otras personas, pedía clemencia para Hilario y para mí. Ésta fue una nueva muestra de bondad que tuvo conmigo. También nos angustiaba la suerte de los capitanes Garmendia y Montes, porque como habían matado a tiros a quienes pretendieron apresar a don Francisco, creímos que les harían lo mismo que a don Adolfo Bassó. Pero no, a ellos los enviaron a servir a filas, con órdenes a sus jefes de que los vigilaran. Después me enteré que desertaron del ejército federal, escapándose con los revolucionarios. A don Hilario y a mí, que éramos de la Armada, nos enviaron presos al parque general de ingenieros, por la calle de Arcos de Belén, a donde me fue a visitar María de la Luz, quien nos llevó unos periódicos en los que leímos que el presidente Huerta había designado como secretario de Guerra y Marina al general Manuel Mondragón, uno de los golpistas, y que también había nombrado como jefe del departamento de Marina al capitán de fragata Othón P. Blanco, a quien había mandado llamar pues estaba al mando del transporte *Guerrero*, en el Pacífico.

A los pocos días llegó hasta nuestra prisión Othón P. Blanco en persona, luciendo ya los galones de capitán de navío, ascenso que le dio Huerta para que se hiciera cargo del departamento de Marina. Le dio un fuerte abrazo a don Hilario y a mí un cálido apretón de manos. Luego nos platicó con lujo de detalle su primer acuerdo con el nuevo presidente, a quien le pidió que nos perdonase la vida. Huerta aceptó con la condición de que don Hilario permaneciese en el servicio y se fuera del país, enviado como agregado naval a la Argentina y al Brasil. Lo estaban desterrando por haber sido leal a Madero. Othón P. Blanco, al ver las dudas de Rodríguez Malpica, le dijo que era mejor aceptar esa comisión y no ser dado de baja deshonrosamente y poner en riesgo la existencia. Don Hilario sólo pidió a don Othón que a sus hijos no les pasara nada. El nuevo capitán de navío repuso que ellos no tenían nada que ver y estarían a salvo, el mayor embarcado en el *Tampico* y el menor como alumno en la Escuela Naval. Don Hilario se tranquilizó y aceptó partir de inmediato; le dijo a Blanco que, como era comodoro, quería tenerme como su ayudante en la comisión. Othón se negó, puesto que yo seguía siendo nominalmente ayudante del comodoro Manuel Azueta, a quien el gobierno también daría un nuevo destino. Nos dejó salir del calabozo y me dijo que me fuera a casa y que todos los días me presentara al departamento de Marina a esperar órdenes. Días después, me despedí de don Hilario que salía rumbo a Sudamérica con su esposa.

Algunas semanas más tarde, pude saludar al comodoro Manuel Azueta, pero él estaba saliendo de ver a don Othón, sumamente molesto. Sólo me dijo que me presentara con él en la estación del ferrocarril al día siguiente, pues nos iríamos a Manzanillo. Me despedí de María de la Luz, quien se quedó angustiada porque no sabíamos ni a qué íbamos ni cuándo volvería, y de mi hijo José, que me pidió le trajera un birrete de marinero porque quería ser como yo. En el vagón del tren Azueta me explicó las razones de su molestia. La primera era que, violando las leyes y la Ordenanza General de la Armada que el presidente Madero había expedido y estaba vigente, el general Huerta había concedido un nuevo ascenso a Othón P. Blanco, quien ahora era comodoro. No era posible que nadie, en menos de dos meses, pasara de capitán de fragata a comodoro, lo cual era indignante y ofensivo, lo cual denotaba la amistad y el favoritismo de Huerta. Yo me atreví a contarle acerca de las dos veces que había visto a don Othón platicar muy animadamente con el ahora presidente, y entonces recordé lo que me dijo en esas ocasiones, que tenía que prever el futuro para asegurarlo. "Pues lo hizo muy bien", acotó Azueta.

Luego me contó que Othón lo había comisionado para un puesto inexistente, el de inspector de la flotilla del Pacífico. El general Félix Díaz quería desterrarlo por haberse opuesto a él cuando se levantó en armas contra Madero en Veracruz. Me dijo que al parecer el "sobrino de su tío" le tenía un odio furibundo y deseaba acabarlo, pero don Othón lo impidió y para dizque librarlo de la ira de Félix, compinche de Huerta, como me dijo Azueta, lo enviaba a esa misión. Dijo que de buena gana dejaría la Armada, de no ser porque tenía el deber de ser leal al gobierno legalmente constituido y el de Huerta, lamentablemente, lo era porque asumió la presidencia de la República con todas las de la ley. Así que, como no quedaba más que obedecer, iríamos a Manzanillo y nos embarcaríamos en el *Tampico* para dirigirnos a Guaymas, donde el *Guerrero* y el *Morelos* operaban en contra de los revolucionarios que ya se habían sublevado; supimos que los acaudillaba el gobernador de Coahuila, Venustiano Carranza, y en Sonora el mando lo ejercía un tal Álvaro Obregón.

En el *Tampico* nos recibió el segundo teniente Hilario Rodríguez Malpica, que estaba asignado a ese buque como oficial de artillería. Él nos llevó hasta el puente donde el capitán de fragata, Ignacio Arenas, nos recibió con mucha amabilidad; tenía gran estima por el comodoro Azueta desde los días en que era aspirante en la *Zaragoza*. Al sentirse a gusto ya embarcado y como don Manuel no era comandante de la flotilla, le pidió al capitán Arenas el favor de que me permitiera tomar el timón del *Tampico*, porque era un barco que, tanto a él como a mí, nos provocaba gratos recuerdos desde que lo trajimos de los Estados Unidos hacía ya diez años. Arenas aceptó de buen grado y cedió su camarote al comodoro para que viajara con más comodidad. Mientras navegábamos, don Manuel no quiso subir al puente para no interferir con las órdenes del capitán y pasó largas horas en la cubierta, charlando con el joven Hilario, de quien la tripulación decía que era muy buen oficial, de mucha aplicación y valentía pero algo parrandero y disipado, incluso tenía una enfermedad vergonzosa por los excesos con mujeres de mala vida. Sin embargo, el muchacho se sentía desconcertado por la manera como había sido tratado su padre, el comodoro Rodríguez Malpica, y había expresado durante la travesía que en el fondo estaba de acuerdo con los revolucionarios en contra de Huerta, el usurpador asesino. Don Manuel le prohibió al joven Hilario que usara esos términos al referirse al presidente de la República, comandante supremo de las fuerzas armadas, recordándole el deber de todo oficial naval de ser leal con el gobierno legalmente constituido. El segundo teniente replicó que eran cosas que sólo pensaba y decía a los amigos, pues estaba cumpliendo con su deber a bordo del *Tampico* y ya había participado en algunos bombardeos a las posiciones enemigas que asediaban Guaymas.

Y era cierto, porque ya estando en ese puerto y mientras el comodoro inspeccionaba al *Morelos* que estaba en el varadero nacional donde le limpiaban los fondos, el *Tampico* zarpó para bombardear a las tropas revolucionarias. Cuando el barco regresó, el propio capitán Arenas narró al comodoro Azueta que el segundo teniente Hilario Rodríguez Malpica había vuelto a demostrar su puntería con los cañones pero, además, se puso al mando del grupo de desembarco y desalojó a los revoltosos de sus trincheras, acción por la cual, en el parte de novedades a la superioridad, lo recomendaría ampliamente. La mención surtió efecto, porque don Manuel recibió un telegrama girado por el comodoro Othón P. Blanco en el que le ordenaba le comunicase al joven Hilario su promoción a primer teniente de la Armada. Nos dio mucho gusto la noticia y Azueta se apresuró a enviar otro telegrama hasta el otro extremo del continente, para informar a don Hilario que su muchacho se había hecho acreedor a un ascenso por su valor. Desde Buenos Aires, llegó la respuesta emocionada y agradecida; yo personalmente se la entregué a Hilario chico.

Afortunadamente, el comodoro Azueta recibió órdenes urgentes de presentarse en la Ciudad de México, así que dejamos atrás el Pacífico, ambos con gran alegría. Don Manuel, en el tren ya cerca de la capital, me dijo que a lo mejor esa inquietud que nos corroía era producto de la edad, porque ya nos estábamos haciendo viejos. Yo pensé más bien otra cosa, ya que, como decía María de la Luz, en la capital había mucha gente mala. Cuando llegamos, corrí a mi casa en la colonia Juárez para ver cómo estaban mi mujer y mi hijo y, gracias a Dios, los hallé sin novedad. Cuando me presenté ante mi comodoro, lo encontré sonriendo pues me dijo que nos íbamos a Veracruz con todo y familias porque asumiría de nuevo el mando de la flotilla del Golfo. La guerra contra los revolucionarios no iba muy bien y el presidente Huerta quería a los mejores oficiales y generales y hasta almirantes en sus puestos de batalla. Pero lo más importante era que Félix Díaz había caído en desgracia porque pretendió ser candidato a la presidencia y Huerta lo envió como embajador a Japón. Había otra noticia que le caía muy en gracia a don Manuel: sin haberlo sabido y mucho menos deseado, resultó electo senador por Veracruz, pero don Othón le dijo que pidiera licencia a la cámara de Senadores y se fuera a Veracruz a tomar el mando de la flotilla. Don Manuel pensó que la ocurrencia de Huerta de llevarlo como legislador era sólo una puntada de borracho.

Lo importante era regresar a Veracruz, a nuestra casita en el callejón de las Flores, tan chiquita como el departamento de la colonia Juárez, pero nuestra, cerca de mis otros hijos, quienes desde Orizaba se habían preocupado mucho por mí. Gracias a ellos mi mujer pudo sobrellevar mi ausencia debido a que el gobierno dejó de pagar mis haberes desde los días del cuartelazo contra Madero. Antonio y Ramón mandaron giros telegráficos con cantidades suficientes para los gastos del hogar. Se los agradecí muchísimo en cuanto los vi, pues pasé a Orizaba a ver a mi madre, que agonizaba. Moriría a los pocos días.

Regresé a mis clases en la Escuela Naval, al mismo tiempo que me desempeñaba como ayudante del comandante de la flotilla. Durante algunas semanas esa situación fue de ensueño porque todo me quedaba muy cerca, así que salía de mi casa, caminaba unas cuantas cuadras y entraba a la Escuela minutos antes del izamiento de bandera para desayunar luego con los alumnos y dar mi clase de "movimientos de bajeles". Más tarde, a las diez, me presentaba ante mi jefe en las nuevas oficinas de la Armada, en el edificio de faros que estaba en el malecón, frente al muelle de la T, al cual llegaba cruzando el terreno despejado que se había ganado al mar y que estaba a tiro de piedra del plantel. Por esos días, don Manuel tenía muchas preocupaciones familiares, provocadas por la indisciplina y la mala conducta de su hijo José, quien, mientras nos fuimos al Pacífico, se distrajo en sus estudios y se dedicó a la disipación. Doña Josefa, su madre, disculpaba el comportamiento del joven aduciendo que tenía algunos amigos trasnochadores, cuando la verdad es que su hijo se emborrachaba frecuentemente y era un visitante asiduo de las casas de mala nota. El nuevo director, el capitán de fragata Rafael Carrión, de tibio y débil carácter, no impuso su autoridad y permitió con ello que algunos alumnos se escaparan en las noches. Eso me hacía recordar que cuando don Manuel fue director del plantel, aparecía de improviso, en las noches o en las madrugadas, en los dormitorios para cerciorarse de que todo mundo estuviese en su sitio. Total, que el joven Azueta se dedicaba a visitar cantinas y burdeles casi diariamente, y comenzó a flojear y a descuidar sus estudios, y eso que ya estaba en el último semestre, en el séptimo, que fue cuando yo le di clase.

Me vi en el tremendo predicamento de no saber qué hacer cuando llegó la hora de los exámenes, porque José ni estudiaba las lecciones ni atendía las exposiciones ni tampoco respondía las preguntas y, naturalmente, reprobó el examen final. Con remordimiento, porque se trataba del hijo de mi jefe, a quien conocía desde que siendo casi niño se metía a mis clases porque parecía que le gustaba el mar, resolví que no podía regalarle la calificación y ese mismo día supe que había reprobado también las demás materias del semestre. Cuando se lo comuniqué a don Manuel, la noticia terminó de abatirlo y por la noche, según me platicó después, el enfrentamiento con su hijo fue terrible. El chamaco le dijo a su padre que se daría de baja de la escuela; eso era una vergüenza para la familia de don Manuel y para él como marino. José Azueta, que en el fondo conservaba cierta dosis de sentido del deber y de la responsabilidad, prometió que trataría de enmendarse y aseguró que pediría su incorporación al ejército como oficial del cuerpo auxiliar. Padre e hijo se distanciaron y no se dirigieron la palabra durante meses, a pesar de que José cumplió su promesa y fue admitido como teniente instructor de ametralladoras en la batería fija del puerto de Veracruz, cuyo cuartel estaba en las antiguas atarazanas, a unos metros de la Escuela Naval. Sin embargo, aunque vivían en la misma casa, don Manuel veía poco a su hijo, que asistía a sus deberes reglamentarios como oficial artillero, aunque por las noches las juergas y los lupanares no disminuyeron.

Las tristezas del comodoro Azueta aumentaron cuando llegó la comunicación oficial de que el jefe del departamento de Marina, Othón P. Blanco, era promovido al grado de contraalmirante. Para don Manuel esas muestras de descarado favoritismo causarían mucho daño en la moral de los jefes y oficiales de la Armada, pues era patente el desprecio al mérito y a la antigüedad, ya que Othón alcanzaba los grados sólo por su cercanía y amistad con el presidente Huerta. La pena se le convirtió en indignación cuando menos de un mes después se nos notificó un nuevo ascenso de Blanco: lo promovieron a ¡vicealmirante!, el máximo grado entonces, el que nadie había alcanzado jamás, salvo don Ángel Ortiz Monasterio. Don

Manuel pensó en enviar una protesta formal expresando el descontento del cuerpo de jefes y oficiales, pues por todas partes se escuchaban las murmuraciones y molestia generalizada. Finalmente no se atrevió, pero su enojo y sus comentarios llegaron a los oídos de don Othón P. Blanco.

Eran aquellos días muy difíciles. Supimos que en Tampico había ocurrido un incidente, cuando soldados de la guarnición apresaron a unos marineros norteamericanos que quisieron desembarcar armados. Todos sabíamos que las escuadras de ese país rondaban nuestros puertos y en Veracruz teníamos a la vista a algunos acorazados. Nos enteramos de que el almirante norteamericano exigió liberar a sus hombres y, como desagravio, que se hicieran honores a su bandera. En medio de la tensión, el comodoro Azueta fue llamado a México para consultarle sobre el modo de proceder de la flotilla del golfo frente a la amenaza latente de una posible invasión extranjera. Ése fue el pretexto que le dio Othón P. Blanco. La verdad es que lo alejó para despojarlo de su mando, porque en cuanto partió a la capital llegó su relevo, el comodoro Gabriel Carballo, con órdenes de que la flotilla levara anclas y se trasladara a Tampico. Era la venganza de don Othón por las críticas que le espetó Azueta.

El comodoro Carballo, que conocía mi profunda lealtad a Azueta, no quiso llevarme y me ordenó que esperara el regreso de don Manuel y me pusiera a sus órdenes. Así lo hice y me percaté de que Azueta estaba profundamente indignado por el engaño de que fue víctima. Lo habían llamado con mentiras

y el vicealmirante Othón P. Blanco le dijo que quedaba releva-
do del mando de la flotilla y a disposición del departamento de
Marina en el cuartel del puerto de Veracruz, pero sin ninguna
comisión oficial. Esa misma noche tomó el tren de regreso al
puerto y cuando llegó, ya los barcos se habían ido. Ni siquiera tenía ya oficina y sólo le impusieron la obligación de presentarse diariamente para la lista. A mí me llegó un telegrama
ratificándome como ayudante del comodoro Manuel Azueta,
además de que se me ordenaba seguir como profesor de la
Escuela Naval. Recogimos las pocas pertenencias que don Manuel tenía en su despacho y lo acompañé a su casa, a donde
me citó al día siguiente. Ya era muy tarde, casi la medianoche
y, para colmo de males, doña Josefa le dijo a su marido que su
hijo José no había llegado. El comodoro sólo suspiró y me dijo
que esa era otra noche más de las fiestecitas de su hijo. En mi
casa, mi mujer estaba con el pendiente y le platiqué rápidamente los sucesos del día, acostándome sin cenar porque al día
siguiente había que madrugar.

Cuando entré a la escuela, muy temprano, uno de los alumnos que estaba de guardia me dijo que los barcos norteamericanos se estaban moviendo hacia el interior del puerto. Me fijé
que eran varios, entre ellos los acorazados *Florida, Montana*
y *Utah*, así como los cruceros *Praire* y *Chester*. Luego de que
se izara la bandera, en el parte de novedades escuché que se
encontraba en el calabozo, por haber sido sorprendido saltan-
do la barda trasera de la escuela, el alumno Mario Rodríguez
Malpica, a quien el director amenazó con hacer cumplir el
reglamento y darlo de baja, lo cual me llamó la atención porque lo aplicaba arbitrariamente, ya que a José Azueta jamás lo
amonestaron y al hijo de don Hilario, quien por lo visto no era

del agrado de las autoridades, lo querían defenestrar. Ingresé al salón de clases y noté la distracción de los alumnos, que miraban constantemente a las ventanas que dan al mar. Cuando les llamé la atención me dijeron que de los barcos norteamericanos se estaban desprendiendo lanchones con tropa armada. Suspendí la lección y salí corriendo para subir a las oficinas del director, donde llegó don Antonio Espinosa, el profesor de inglés, a avisarle al capitán de fragata Rafael Carrión que se había enterado en el consulado de los Estados Unidos que esa mañana desembarcarían los marines para proteger los intereses de aquel país en Veracruz. Todos los oficiales y profesores de la escuela estábamos reunidos y yo me di cuenta de la actitud medrosa de Carrión, que sólo atinó a ordenarle al subdirector de la Escuela, el teniente mayor don Ángel Corso, que fuera a la comandancia militar de la plaza a pedir órdenes. El director disolvió la reunión disponiendo que cada quien siguiera con sus actividades rutinarias y yo, a paso veloz, salí de la Escuela y llegué a la casa del comodoro Azueta, no sin darme cuenta de que en el muelle fiscal estaban, en efecto, desembarcando los marines.

Aunque llegué más temprano que de costumbre, don Manuel ya estaba de uniforme pero aún no se había enterado. Estaba preocupado porque su hijo José no llegó a su casa, pero de inmediato se repuso. Le conté con detalle todo lo que sabía y lo que había escuchado y visto, y me dijo que iríamos primero a la comandancia militar, a donde nos dirigimos, pero no encontramos a nadie, por lo que fuimos a la Escuela Naval. Vimos a mucha gente corriendo y a algunos soldados y paisanos armados, a las órdenes de un viejo teniente coronel que alcanzó a decirnos que tenía órdenes de defender la plaza.

A lo lejos, alcanzamos a ver que los marines estaban formados en el muelle fiscal y comenzaban a moverse con rumbo a la aduana marítima. Personas más enteradas, porque eran precisamente empleados del resguardo aduanal, nos informaron que los norteamericanos decían que estaban allí para evitar que el vapor alemán, *Ipiranga*, descargara las cajas de armas y de parque que traía para el gobierno. A una cuadra de la escuela encontramos a otro profesor, el segundo teniente Antonio Gómez Maqueo, quien nos dijo que tenía órdenes de observar lo que sucedía, porque don Ángel Corzo había regresado con la novedad de que en la comandancia militar no había nadie y, por lo tanto, no había órdenes para la Escuela. Este oficial nos dijo que el capitán de fragata Rafael Carrión no sabía qué hacer y estaba petrificado.

Esto fue suficiente aliciente para que mi comodoro apresurara el paso, mientras desenvainaba su sable. Al entrar a la escuela, la guardia lo reconoció, se formó y terció armas mientras él ingresó al patio donde estaban muchos alumnos y con voz estruendosa, que se escuchó en todas partes, gritó: "¡A las armas muchachos, que la patria está en peligro!".

Al escuchar la improvisada pero emotiva arenga del comodoro Azueta, los alumnos comenzaron a lanzar vítores y muchos ¡viva México! El capitán de fragata Rafael Carrión bajó de inmediato y al presentársele se cuadró y le dijo: "A sus órdenes, mi comodoro". Me di cuenta de que Carrión respiró aliviado porque alguien tomaba el mando y se encargaba de las decisiones, pero Azueta ni siquiera se lo agradeció, pues de inmediato dispuso que se repartiera parque a los alumnos y se distribuyeran en las ventanas del segundo piso. El comodoro le ordenó a don Antonio Gómez Maqueo, quien había regresado con nosotros al plantel, que fuera a conseguir municiones y las halló en el cuartel de artillería, volviendo al poco rato con varias cajas. En eso me acordé de que en el calabozo estaba Mario Rodríguez Malpica y se lo dije al comodoro, instruyendo al propio Gómez Maqueo, quien además era el oficial de guardia, que lo liberara y lo armara. Mientras tanto, los primeros tenientes David Coello y Juan de Dios Bonilla distribuían los fusiles y las bolsas con las paradas de cartuchos, que según informaron, serían de 250 por cada alumno.

Luego, el comodoro subió al primer piso, al dormitorio desde el cual se veía perfectamente la aduana y el muelle fiscal, dándose cuenta de que los marines avanzaban hacia la escuela. Alcancé a escuchar que un alumno, ya parapetado en una ventana, le decía a un oficial que mirara cómo pasaban y que ya estaba al alcance de sus fusiles. Don Manuel ordenó ¡fuego! y una descarga cerrada disparada por los alumnos de la Escuela Naval detuvo a los invasores, derribando a muchos. Los alumnos gritaron, felicitándose de su buena puntería. Los marines sorprendidos, se replegaron.

En el dormitorio de la escuela todo era bulla y alegría en esos momentos; los oficiales les recomendaron que usaran como trincheras los colchones, los armarios, los bancos y todo el mobiliario. Alguien dijo que volvían los invasores y, en efecto, los vimos regresar ya en formación abierta y con ametralladoras. Al mismo tiempo, los cruceros *Praire* y *Chester* comenzaron a batirnos con sus cañones. Los proyectiles se impactaban contra la fachada de la escuela, causando destrozos en la mampostería, por lo que don Manuel ordenó que la guardia en prevención, atrincherada en la sala de banderas con el segundo teniente Gómez Maqueo, la abandonara y se incorporara con los demás en la planta alta. El estruendo de los cañonazos que nos tiraban retumbaba en todo el edificio, pero de pronto, una granizada de balas disparadas por los marines se estrelló contra las paredes exteriores del dormitorio. El comodoro Azueta ordenó fuego a discreción y los alumnos respondieron, apuntando sus fusiles con cuidado y eligiendo los blancos, los que gracias a los cómodos reclinatorios donde apoyaban las carabinas, eran certeros en su mayoría. Se entabló un encarnizado combate que obligó a los marines a retirarse nuevamente pero, ya en ese momento, la batalla había cobrado la primera víctima de la Escuela Naval.

Mientras se combatía, se escucharon gritos en el dormitorio entre los alumnos y algún oficial se acercó corriendo a donde estaba el comodoro Azueta para decirle que uno de los muchachos había sido herido. Don Manuel se dirigió hacia donde estaba el caído y lo seguí, agachándonos cada vez que pasábamos por el claro de una ventana, porque allí entraban las balas invasoras. Lo encontramos tendido en el suelo, en medio de un charco de sangre. Lo reconocí de inmediato, pues era a quien apodaban "Pirulí" por flaco y espigado: el alumno de primera Virgilio Uribe. Azueta ordenó que dejaran espacio mientras mandaba por el practicante para que acudiera a prestarle los primero auxilios. Azueta tomó en sus brazos al joven Virgilio y al moverlo nos dimos cuenta de que tenía un enorme agujero en la frente. Todavía respiraba pero la sangre le manaba a borbotones y empapó el chaquetín de servicio del comodoro. Cuando llegó el practicante le hizo un rápido reconocimiento y miró a don Manuel moviendo la cabeza en silencio. El comodoro dispuso que levantaran el cuerpo del alumno herido y lo trasladaran a los dormitorios de atrás, en espera de que amainara el combate para poder evacuarlo y llevarlo a la Cruz Roja. Uno de los oficiales comentó que la herida era producto de una bala expansiva, las terribles "dum-dum" que al incrustarse en sólido explotan y causan destrozos irreparables.

Se hizo un silencio sepulcral entre los alumnos cuando pasó ante ellos el cuerpo exánime de su compañero Virgilio Uribe, no obstante que por segunda vez habían rechazado el asalto de los marines, mientras arreciaba el bombardeo que nos tiraban desde los cruceros. Luego, un pavoroso estruendo nos sacudió a todos, pues el acorazado *Montana* también comenzó a disparar con sus cañones de grueso calibre. Alguien se atrevió a asomarse por la fachada que da al mar, con riesgo a que le cayese un cañonazo, por eso supimos que ahora los marines desembarcaban en el malecón y venían de frente hacia nosotros. De pronto, un oficial llegó muy agitado a donde estaba el comodoro y le dijo que fuera al otro extremo de la escuela, porque en una de las esquinas de atrás estaba haciendo fuego, con una ametralladora, su hijo, el teniente José Azueta.

El comodoro Azueta apuró el paso a través de los pasillos mientras yo lo seguía con otros alumnos quienes comentaban que José Azueta se había presentado minutos antes, cuando don Manuel estaba todavía en el patio disponiendo la defensa. Según quienes allí estuvieron, José le dijo a su padre que la batería fija de Veracruz había recibido la orden de retirarse del puerto con todo y cañones y que su comandante le ordenó que se replegara con su pelotón de ametralladoras hasta las afueras y, como no le pareció correcta la instrucción, decidió ir a su casa en busca de su padre, pero doña Josefa le informó que el comodoro ya estaba en la Escuela Naval, a donde acudió para ponerse bajo su mando. Al comodoro no le gustó que su hijo desobedeciera una orden directa de su oficial superior y le dijo que se fuera a cumplir con su deber porque como él se quedaría allí, a cumplir con el suyo, dándose la media vuelta y dejando al muchacho desconcertado, lo cual evidenciaba su distanciamiento.

Me puse al lado de mi comodoro y vi un espectáculo soberbio: José Azueta accionaba una ametralladora de tripié en la esquina de las calles de Landero y Cos y Esteban Morales, protegido por un poste de luz eléctrica. Lo vimos haciendo fuego y, en un par de ocasiones, detenerse tanto para ver el efecto de sus disparos como para alimentar el cargador del arma con una nueva tira de balas, para volver a apretar el gatillo de inmediato, entre los gritos de los muchos alumnos que ya desde las ventas lo observaban y alentaban. El comodoro Azueta miraba en silencio, con una mueca de angustia en el rostro y de pronto, me tomó el brazo y me apretó fuertemente cuando nos dimos cuenta de que el muchacho cargaba la ametralladora y se trasladaba a media calle, donde de nuevo abrió fuego, alejándose de la protección que el poste le brindaba pero barriendo a los marines que se acercaban. Los gritos y aplausos arreciaron y José Azueta, como poseído, seguía disparando. De pronto, alguno de sus amigos le gritó que se cubriera y que no se expusiera más; el joven teniente entonces levantó la vista y se dio cuenta de que el comodoro lo veía. Sonrió y exclamó que si allí estaba su padre, él también debía quedarse y siguió accionando el arma cuyo tableteo estremeció a todos los que éramos testigos de su osadía. Era claro que José deseaba mostrarle algo a su padre.

Los marines recibían refuerzos y disparaban contra el teniente Azueta. El comodoro, que me tenía asido del brazo, me dijo apenas murmurando: "A ese le van a reventar el cráneo". Sus palabras fueron casi proféticas porque una bala, seguramente de las expansivas, lo hirió en una pierna, pero aun hincado siguió disparando hasta que otra más se le incrustó en la pierna en la que se apoyaba. Entonces cayó y un par de alumnos salieron del edificio para ir a recogerlo, arriesgando su vida porque estaban bajo fuego. Lo levantaron, pero de pronto otra bala le pegó en un brazo. Lo llevaron a la enfermería de la escuela y el comodoro bajó corriendo para ver a su hijo, quien no decía nada, sólo miraba a su padre. Don Manuel ordenó que en cuanto se pudiera, lo llevaran, junto con Virgilio Uribe, al hospital de la Cruz Roja. El comodoro acarició el cabello de su hijo y ordenó que todos volvieran a sus puestos; lo acompañé y casi llorando me dijo que se había dado cuenta de que las heridas eran muy graves porque las balas expansivas lo habían destrozado.

Sin embargo, los marines se replegaron también y se aprovechó la pausa para sacar a los dos heridos, así como para que el comodoro convocara al director de la escuela y reuniera a los oficiales del plantel. Quería deliberar con ellos lo que debía hacerse, habida cuenta de que no llegaría nadie para ayudarlos. El segundo teniente Gómez Maqueo le informó que quedaban sólo unas cuantas rondas de parque a cada alumno.

Entonces el comodoro les dijo que como no era cosa de rendirse ni tampoco de perder más gente, lo mejor sería abandonar la escuela en cuanto oscureciera. Así lo hicimos, saliendo uno por uno por la puerta trasera, dejando todas las luces encendidas, mientras arreciaba la lluvia de granadas que sobre nosotros lanzaban los acorazados y cruceros enemigos. En fila silenciosa detrás de nosotros marchaban los alumnos, quienes llevaban tan sólo su armamento, la fornitura con el parque sobrante en la cartuchera, el espadín y el capote, vistiendo el uniforme de faena con el que habían combatido. Nos dirigimos a la estación de Tejería, siguiendo la vía del tren y caminamos casi diecisiete kilómetros en la penumbra. Don Manuel, agotado, se apoyaba a veces en mí y otras en algún alumno que se acercaba a ayudarlo. En el trayecto, nos alcanzó uno de los médicos de la Cruz Roja para informarnos que Virgilio Uribe había fallecido y que a José Azueta, quien sobrevivía, lo habían enviado a la casa de su hermana.

Nos subimos al ferrocarril y todo el contingente de la Escuela Naval, la ochentena de alumnos y sus profesores, oficiales y director, al mando del comodoro Manuel Azueta, llegamos a la mañana siguiente a la Ciudad de México. En el andén, cuando nos apeamos, mientras se formaban los alumnos y se cuadraban ante el vicealmirante Othón P. Blanco que había ido a recibirnos, un hombre que lloraba se acercó al comodoro y le preguntó si le traía algún recuerdo de su hijo. Don Manuel, conmovido, le mostró las manchas de sangre de su chaquetín; el hombre enjugó su cara en ellas. Era el padre de Virgilio Uribe.

Se dispuso que fuéramos instalados en el Castillo de Chapultepec, en el Colegio Militar, donde los alumnos recibieron como "hermanos" a los de la Escuela Naval, mientras con el comodoro Azueta partí al departamento de Marina para que don Manuel rindiera el parte de novedades ante el vicealmirante Othón P. Blanco, quien en presencia de algunos generales de ejército, escuchó el relato de don Manuel. Azueta dijo que los alumnos, además de algunos vecinos, fueron los únicos defensores del puerto en contra de la invasión. Miró a los generales y no ocultó su enojo y molestia porque el ejército mexicano abandonó Veracruz sin combatir, dejando a su suerte a los muchachos y a la población civil que, indignada y ofendida, le pedía armas para repeler aquel atropello inaudito. Terminó su informe oficial diciendo que todos los jefes, oficiales, alumnos y personal agregado cumplió con su deber y que la Escuela Naval se cubrió de gloria repeliendo durante siete horas el ataque, causando numerosas bajas al enemigo, defendiéndose con valor, patriotismo y entereza. Cuando el vicealmirante le preguntó la razón de que él estuviera allí si no era ésa su comisión ni su mando ni su responsabilidad, le respondió, con altivez, que fue Dios quien medió al reunirlo con aquellos jóvenes alumnos en ese día memorable.

Salimos del departamento de Marina para ir a Chapultepec, porque el comodoro quería estar lejos de don Othón y de sus injuriosos cuestionamientos y más cerca de los oficiales y alumnos que habían vivido con él la jornada más intensa de su vida. Me dijo que por lo visto estaríamos mucho tiempo en la capital, ya que el puerto estaría ocupado por los invasores. Me pidió que regresara a Veracruz para que mi familia estuviera tranquila y le informara a la suya que él estaba bien. También me pidió cerciorarme del estado de su hijo José y que ayudara en cuanto pudiera a su esposa. Así lo hice y en una esquina me bajé del coche y me dirigí a la estación Colonia, donde con los pesos que me dio don Manuel compré mi billete para el puerto, a donde llegué al día siguiente, para tranquilidad de María de la Luz y de mi hijo José; también estaban en la casa, en espera de noticias, mis hijos mayores. Luego fui a la casa de don Manuel, pero doña Josefa estaba con su hija Rosario, que se había casado apenas unos meses antes, donde tenían al joven teniente José Azueta muy mal herido y debatiéndose entre la vida y la muerte. Mientras trataba de ser útil en algo, pues poco se podía hacer, puesto que hasta los mejores doctores del puerto parecían darse por vencidos, doña Josefa, desesperada, me comentó que su hijo había rechazado a los médicos norteamericanos que el almirante Fletcher, el comandante en jefe de los invasores, había enviado al enterarse de la gravedad de las heridas del muchacho, sabedor también de su conducta heroica, pero él les rechazó y les dijo que se largaran porque eran unos perros y no quería verlos.

José Azueta se moría irremediablemente, porque el calor había infectado las terribles heridas y la fiebre se adueñaba de él. A la puerta de la casa llegó un oficial norteamericano y al darse cuenta de que yo también era oficial, me dijo que su almirante pedía que se telegrafiara a don Manuel Azueta, dándole todas las garantías y consideraciones debidas para que se trasladara a Veracruz a ver a su hijo. Se lo dije a doña Josefa y salí de prisa a la oficina de telégrafos. La respuesta de don Manuel me dejó congelado, pues me ordenaba que comunicara a los norteamericanos que no vendría a Veracruz aunque su hijo estuviera moribundo, mientras el invasor estuviere aquí. A los

150

pocos días tuve la pena de ver morir a José Azueta mientras hacía guardia en la recámara donde yacía. Lo enterramos al día siguiente y al ataúd lo acompañó un cortejo espontáneo de cientos de veracruzanos que expresaban su admiración por el joven héroe que moría por su patria.

Regresé de inmediato a la capital para informar de todos estos tristes sucesos a don Manuel y él, resignado, me dijo que José había muerto por su patria y por su padre, que ésos eran los dos nobles sentimientos por los que se quedó en Veracruz desobedeciendo las órdenes. Me pidió que lo acompañara al departamento de Marina a informar del trágico desenlace del teniente de artillería José Azueta. Lo esperé en la antesala del despacho y después, al abrirse la puerta, vi salir a don Manuel, ya reconciliado con don Othón, quien lo abrazaba y lo confortaba. Al verme, Blanco dijo en voz alta que era bueno ver a "Pepe el timonel" y prendió en mi pecho la medalla que el gobierno otorgó a los defensores de Veracruz por la segunda intervención norteamericana. Entonces don Othón me dijo que me necesitaba en el Pacífico, a bordo del *Guerrero*, porque gracias a la torpeza de un comandante y a la falta de pericia de un timonel, el cañonero *Morelos* había encallado y los revolucionarios lo habían incendiado. No quería que le pasara lo mismo al *Guerrero*, pues era indispensable que aniquilara al barco que se había insubordinado. Azueta, sorprendido, preguntó cuál barco era ese, a lo que el vicealmirante respondió que el *Tampico*. Yo me atreví a preguntar quién acaudillaba el motín. La respuesta nos estremeció: el primer teniente Hilario Rodríguez Malpica.

No había muchas noticias sobre el levantamiento del cañonero *Tampico*, pues la ocupación del puerto de Veracruz acaparaba las informaciones de los periódicos y los comentarios; no obstante, se notaba en todos los oficiales y jefes una gran preocupación porque se murmuraba, con rabia, que era indignante que un barco, el *Morelos*, se hubiera perdido y que otro se hubiese amotinado.

Cuando fui a recoger mis órdenes al departamento de Marina, me enteré de que viajaría a Salina Cruz en la grata compañía de los jóvenes Ángel Gutiérrez y Adán Cuéllar, que todavía unas semanas atrás eran mis alumnos en la Escuela Naval, quienes por necesidades del servicio fueron promovidos a aspirantes de primera, adscrito el primero a la cubierta y el segundo a la artillería del *Guerrero*, además de su compañero, Esteban Minor, que fue ascendido a tercer maquinista de la Armada en el mismo barco. Ese mismo día, se dio a conocer el ascenso a contraalmirante de Manuel Azueta. Don Manuel me recomendó que me cuidara porque, por lo que él sabía, el *Guerrero* y el *Tampico* ya se habían batido a cañonazos frente a Topolobampo, quedando averiado y semihundido el segundo, ya que su hijo Manuel, que era parte de la dotación del *Morelos*, le había escrito para contarle los detalles del combate y de la manera absurda como se perdió su buque. Me dijo, además, que le preocupaba la actitud del joven Hilario Rodríguez Malpica, con quien había platicado meses atrás acerca de su inconformidad con el gobierno del general Huerta, por la forma como llegó al poder y por el maltrato que se había dado a su señor padre.

Ya en el tren, en camino a Salina Cruz, en cuyo dique le limpiaban los fondos al *Guerrero*, viajamos con el comandante del transporte, Ignacio Arenas y con su segundo, el primer teniente José de la Llave, que había sido mi alumno. Ellos habían ido a la capital a recibir órdenes del vicealmirante Blanco y nos comentaron que Hilario Rodríguez Malpica se había amotinado y tomado el mando del *Tampico* en la bahía de Bocochibampo. Aprovechó que parte de la tripulación y algunos de los oficiales habían desembarcado para asistir al carnaval de Guaymas para apresar a su comandante, el capitán de fragata Manuel Castellanos, y de inmediato zarpó para dirigirse al sur, presumiblemente a Mazatlán, a ayudar a las fuerzas revolucionarias que sitiaban ese puerto. Se detuvo para abastecer al cañonero de carbón y de agua en Topolobampo, a donde lo alcanzaron los otros buques de la flotilla del Pacífico, el *Guerrero* y el *Morelos*, ambos a las órdenes del capitán de navío Ignacio Torres. Allí se libró el primer combate, apenas unos días antes de que los norteamericanos invadieran Veracruz, en el que resultó muy dañado el *Tampico*, que se atrevió a salir al mar sin percatarse de que el *Guerrero* se le atravesó y cruzó su línea, obligándolo a virar en redondo y regresar al cobijo del puerto, para lo cual tuvo que disminuir su velocidad y como se puso de costado, recibió la lluvia de cañonazos y granadas que le tiró el *Guerrero*, cuya buena puntería y superior artillería le provocaron muchas vías de agua que amenazaban con hundirlo. Rodríguez Malpica lo varó en la entrada del canal que conduce a Topolobampo, bajo la protección de los cañones revolucionarios que desde tierra firme podían mantener a raya a los buques del gobierno.

Nos platicó don Ignacio que mientras el *Guerrero* y el *Morelos* intentaban acercarse prudentemente al *Tampico*, que ya estaba varado y en plena actividad, de pronto, en el cielo, un avión de los revolucionarios planeó sobre los barcos y comenzó a arrojarle bombas, que afortunadamente no dieron en el blanco. El ataque se repetiría días después, cuando recibieron informes de que en el *Tampico* estaba de visita Álvaro Obregón, quien tenía el mando de los rebeldes por aquella región. Nuevamente, el *Guerrero* se acercó para disparar sobre el *Tampico* y lograron lanzarle algunas granadas cuando volvió a aparecer el biplano llamado *Sonora*, e intentó otra vez bombardear al *Guerrero*, esta vez con mejor puntería. Como los proyectiles caían a pocos metros del barco, ordenó la retirada, pues contra el avión sólo se podía ofrecer combate con las descargas de fusilería de los marineros, que además no le atinaban.

Muy confiados porque el *Guerrero* tendría nuevamente capacidad para moverse rápido y sabedores de la calidad de su artillería, Arenas y De la Llave no ocultaron su desprecio hacia el joven Hilario Rodríguez Malpica, acusándolo de desertor y traidor, burlándose además del gobernador de Coahuila, don Venustiano Carranza, para manifestar su beneplácito, luego de que un buque del gobierno se hubiese pasado a las filas revolucionarias, premió la conducta de Hilario otorgándole el grado de capitán de navío. "Por supuesto, en cuanto los encontremos, los derrotaremos y a ese infeliz lo van a fusilar", según nos recalcó con énfasis el primer teniente De la Llave, a pesar de que Hilario había sido su compañero en la Escuela Naval, o quizá por eso mismo, no lo sé.

El capitán Arenas quiso pasar por Mazatlán, puerto que estaba ya en poder de los revolucionarios, para ver si podía rescatarse algo del *Morelos*. Cuando nos acercamos pude comprender el error que cometió su comandante, el teniente mayor Arturo Medina, de acercarlo a la costa sin tomar en cuenta los muchos bajos que hay allí y que yo bien conocía desde que navegué esas aguas en el *Demócrata*. También era inevitable pensar que la responsabilidad incluía al timonel. El caso era que cayó de costado y escoró a poca distancia de la costa y cuando un crucero japonés ofreció su ayuda para desencallarlo, el comandante la rechazó; lo mismo hizo cuando un acorazado norteamericano quiso acudir en su auxilio negándose, por un falso sentimiento patriótico, a poner a flote su buque. Más tarde, cuando la tripulación del *Morelos* se dio cuenta de que sólo con ayuda podían resolver el problema, el capitán del crucero japonés se negó. El colmo de la mala suerte fue que los revolucionarios, en la playa y en un cerro cercano, concentraron sus piezas de artillería y dispararon a placer sobre el *Morelos* hasta dejarlo despedazado e inútil. Luego la tripulación lo abandonó y los alzados se dieron el lujo de incendiarlo. Con gran dolor vimos el casco quemado del cañonero y entendí que la misión que se me había confiado era evitar una desgracia. El vicealmirante Othón P. Blanco me había pedido embarcarme en el *Guerrero* para que en el momento de la batalla llevara yo el timón, lo que fue muy del agrado del capitán Arenas. Me dijo que era mucho mejor que yo estuviera, pues no confiaba en marineros que no tenían más que unos meses a bordo, la mayoría reclutados por leva.

Al llegar a Topolobampo, el *Tampico* trataba de salir por la boca del canal. En cuanto nos vieron, abrieron fuego contra nosotros. El capitán Arenas me ordenó cambiar de rumbo para tener una mejor posición para disparar, con el objetivo de que ningún proyectil, ya fuera nuestro o del *Tampico*, alcanzara a los buques de guerra norteamericanos, los que oliendo el combate, se acercaron para observar.

Llevamos al *Guerrero* a una posición ventajosa, porque podía hacer fuego con cuatro de sus grandes cañones mientras el *Tampico* sólo podía hacerlo con el de popa. Sin embargo, con esa pieza nos causó mucho daño. Con los anteojos de mar en la mano, el primer teniente De la Llave subió al puente a decirle al capitán que había podido ver, accionando la pieza que nos tiraba, a Hilario Rodríguez Malpica, lo cual explicaba su eficacia, pues recordé que en la Escuela Naval obtuvo las más altas calificaciones en artillería, pero también en navegación y en movimientos de bajeles, aunque a todas luces el *Tampico* era conducido torpemente. No me quedó más remedio que concluir que la carencia de marineros y oficiales capaces también afectaba al *Tampico* y que el joven Hilario no podía hacerlo todo. De pronto, cuando ya estuvimos en posición, con toda serenidad el capitán Arenas ordenó que abriéramos fuego y nuestros proyectiles comenzaron a cribar al *Tampico*, el cual detuvo su marcha y permitió que lo rodeáramos, lo que aprovechamos para vomitar sobre él toda nuestra artillería. Un grito de alegría recorrió la cubierta del *Guerrero* cuando uno de nuestros cañonazos derribó el mástil donde enarbolaba la bandera nacional y luego un disparo del aspirante Adán Cuéllar atinó en el centro del casco y el *Tampico* comenzó a escorar, en medio de un pavoroso incendio.

Lo que siguió después nos lo narraron los sobrevivientes del *Tampico*, a los que recogimos. Nos contaron que en pleno combate, Hilario Rodríguez Malpica les ordenó que le llevaran más proyectiles para seguir disparando pero lo desobedecieron, por lo cual desenfundó su pistola y mató a dos de los marineros. Al darse cuenta de que todo era inútil y que su barco se hundía, ordenó que lo evacuaran, pero lanzó una última orden: que ninguno de sus tripulantes buscara refugio en los barcos norteamericanos. Entonces los marineros se arrojaron al agua siendo interceptados por el *Guerrero* y cuando los subimos a bordo estaban muy temerosos de que los fuéramos a fusilar, pero se tranquilizaron cuando el comandante Arenas les dijo que no fusilaría a nadie porque éramos hermanos marinos. En eso vimos que una lancha salía del *Tampico* y trataba de ganar la orilla de tierra, pero le fue imposible porque el *Guerrero* se movió rápido y yo viré hasta ponernos enfrente. Luego me contaron que vieron a Hilario subir a esa embarcación y darse un tiro en la boca. Subieron su cuerpo al *Guerrero*, donde el comandante instaló una capilla ardiente. Me acordé mucho de sus días en la Escuela Naval y de sus travesuras; me acongojé porque había que comunicarle a su padre la infausta noticia. Yo estaba muy triste, lamentando la muerte en tan poco tiempo, de dos jóvenes con quienes llegué a encariñarme, Hilario Rodríguez Malpica y José Azueta, los hijos de mis jefes más queridos.

Cuando regresé a la Ciudad de México me encontré con varias sorpresas agradables: la mejor fue que, como el puerto de Veracruz seguía ocupado, el contraalmirante Azueta dispuso el traslado de su familia y de la mía a la capital, así que pude abrazar a María de la Luz y a mi hijo José. Mi mujer había rentado una casa muy bonita en la calle de Chopo, en la colonia Santa María la Ribera que podríamos pagar sin dificultad porque, además de la ayuda que los cuates nos mandaban desde Orizaba, yo recibí un aumento en mis haberes, ya que fui ascendido a subteniente de la Armada, lo que me fue confirmado con el despacho de Othón P. Blanco que recibí cuando fui a rendirle el parte de novedades de mis singladuras en el *Guerrero*.

Ese mismo día me ordenaron que me reincorporara a la Escuela Naval como profesor, porque el plantel estaría instalado en el Castillo de Chapultepec, pero, además, me darían una comisión interina: quedarme en la jefatura del departamento de Marina como ayudante de don Othón, porque había mucho trabajo. Acudí a la casa de Azueta, con quien platiqué de lo que había pasado en Topolobampo y de lo que había averiguado de la vida y de la muerte del joven Hilario Rodríguez Malpica. Por don Manuel supe que, como una especie de pésame, Othón P. Blanco consiguió que el presidente Huerta confiriera a don Hilario el grado de comodoro efectivo de la Armada.

En la oficina del departamento de Marina todo era desorden; se decía que las fuerzas revolucionarias avanzaban sobre la capital, ya que los hombres de Álvaro Obregón habían derrotado a los federales cerca de Guadalajara; y en el norte, en una fulgurante campaña, el general Francisco Villa venció a las tropas del gobierno en Ciudad Juárez, Tierra Blanca, Torreón, Ojinaga, San Pedro de las Colonias, Paredón y Zacatecas.

Se rumoraba que el presidente Huerta renunciaría porque lo estaban presionando los Estados Unidos y por ello había tenido que retirar a buena parte del ejército de los diversos teatros de operaciones para concentrarlo alrededor de Veracruz, pues temía que los norteamericanos intentaran avanzar en nuestro territorio. Don Othón me encomendó encontrar alojamiento para los marineros que formaban parte de la dotación del *Morelos*, que habían sido trasladados a la capital, lo mismo que los del cañonero *Veracruz*, cuyo comandante prefirió hundirlo cerca del puerto de Tampico, porque no tenía ya ni carbón ni municiones y tenía órdenes de no entregarlo a los revolucionarios. A ambas tripulaciones las acuartelé en los edificios del parque de ingenieros, allá por Arcos de Belén. Pero era inocultable la desazón y el sentimiento de pesar en todos los miembros de la Armada, desde el vicealmirante hasta el último de los contramaestres y condestables porque habíamos perdido tres barcos, casi la mitad de nuestra pequeña flota de guerra: el *Tampico*, su gemelo el *Veracruz* y el *Morelos*. Era una verdadera tragedia.

Pero las desgracias no terminaron allí. El presidente Victoriano Huerta renunció y en su lugar quedó un abogado, Francisco Carbajal, quien ordenó que el ejército federal se rindiera. El nuevo presidente dispuso que de las negociaciones se encargara el general de división José Refugio Velasco con el vicealmirante Othón P. Blanco. Una mañana don Othón me ordenó que lo acompañara a Teoloyucan, donde se firmaría la rendición. La delegación militar del gobierno esperaba y de pronto llegó un automóvil, con una gran escolta de caballería, del cual descendió Álvaro Obregón, designado por el primer jefe del ejército constitucionalista, Venustiano Carranza, para recibir la espada de los vencidos. En voz alta, un oficial revolucionario dio lectura al convenio con el que se terminaba la guerra civil. La primera exigencia de los vencedores no sólo consistía en la rendición de todos los generales, jefes, oficiales y soldados, que debían entregar sus armas, sino en la disolución del ejército federal. Yo estaba atrás de don Othón creyendo que lo mismo pasaría con la Armada. Ya me imaginaba yo en situación de retiro, de regreso en Veracruz y buscando trabajo en algún barco como timonel, cuando escuché que al personal de Marina lo conservarían tal cual. Pensé que de seguro nadie más podía manejar los barcos, y que quedábamos a la disposición y a las órdenes del jefe de la revolución, quien además era investido con el carácter de presidente provisional de la República. Se ordenaba que los buques del Pacífico se concentraran en Manzanillo, donde sólo sobrevivía el *Guerrero*; y los buques del Golfo —la *Zaragoza*, el *Bravo*, el *Progreso* y el velero *Yucatán*— en Puerto México, como se llamaba entonces Coatzacoalcos. Sobre la salpicadera del coche se firmó el acuerdo, signándolo primero Álvaro Obregón y al final don Othón P. Blanco, quien se veía muy tranquilo.

Pensé que ya nos retiraríamos pero no. Don Othón tomó del brazo al general Obregón y comenzaron a caminar. Platicaron un buen rato y de regreso a la capital, el vicealmirante adivinó mis pensamientos y me repitió que había que prever el futuro y asegurarlo.

QUINTA PARTE

ARRIAR BANDERA

Los constitucionalistas no cumplieron con los tratados de Teoloyucan: mantuvieron al personal de la Armada, pero disolvie-
ron a la Escuela Naval, enviaron a los alumnos a los barcos que
todavía quedaban y a los profesores al depósito de oficiales.
Luego relevaron al vicealmirante Othón P. Blanco y lo sus-
tituyeron por un civil extranjero, el marino español Gerardo
Baltanás, que no sabía cómo mandar a una marina de guerra.
Una comisión de almirantes, encabezados por Blanco y Azueta, que quiso entrevistarse con el primer jefe del ejército constitucionalista, Venustiano Carranza, no fue recibida. Lo único
que supieron fue que se estaba a la espera de un nuevo jefe
del departamento, un oficial de alto grado que llegaría pronto.
Pensamos que el único a quien podía referirse era a Hilario
Rodríguez Malpica y así fue, pues en cuanto llegó a Veracruz
asumió el mando de la flotilla del golfo. Resultaba evidente
que sería el único marino en quien confiaría don Venustiano,
ya que se había mostrado leal a Madero y por ello había sido
castigado por Huerta.

161

En la Ciudad de México el desorden era tal que no nos sorprendió enterarnos de que los revolucionarios vencedores se dividían en facciones, y no todos estaban de acuerdo con Carranza, por lo que Othón P. Blanco, con algunos oficiales y marineros, se fue para Aguascalientes, a ponerse a las órdenes de la Convención Revolucionaria que, bajo la protección de Francisco Villa, se reunía para deliberar el futuro del país. El contraalmirante Azueta no quiso ir, pues me explicó que los miembros de la Armada no podían intervenir en las disputas de los grupos políticos, sino esperar a que se constituyera legalmente un gobierno y a ese deberíamos obedecer. En Aguascalientes, don Othón no obtuvo que lo refrendaran en el alto mando de la Armada, por lo que se exilió en Estados Unidos. En cambio, don Manuel se ilusionó cuando supo que la convención había nombrado ya a un presidente, el general Eulalio Gutiérrez, quien se trasladaría a México escoltado por la División del Norte. Ante él se presentó Azueta, para ponerse a sus órdenes, pero el nuevo presidente le dijo que sería mejor que viera al general Villa. Y así lo hizo don Manuel, quien me pidió que lo acompañara a su entrevista con el famoso y temible Pancho Villa, quien lo recibió con un abrazo y le dijo que sabía del heroico comportamiento de él y de su hijo en Veracruz, lo que conmovió a Azueta. A los pocos días, la convención designó a un nuevo presidente, el general Roque González, quien mandó llamar a don Manuel para pedirle que se encargase de la jefatura del departamento de marina. Así lo hizo don Manuel, pero nos dijo con tristeza que era el comandante de una Armada sin barcos.

Todos los buques estaban en poder de los constitucionalistas que seguían a Carranza, tanto el *Guerrero* en el Pacífico, como los del golfo. Don Venustiano se había instalado en el puerto de Veracruz y la *Zaragoza*, el *Bravo* y la *Yucatán* fueron trasladados allá para brindarle protección, no así el *Progreso*, que sufrió un atentado; afortunadamente, no se hundió pero debía ser reparado. Durante unos cuantos días don Manuel estuvo al frente de esa marina de tierra hasta que recibió una carta personal que le escribió don Hilario Rodríguez Malpica. En ella le hacía notar lo desairado de la posición en que se encontraba, ya que él sí tenía barcos, además de que estaba sirviendo a las órdenes del gobierno legítimo de México, el emanado del Plan de Guadalupe, el que se había expedido para restablecer el orden constitucional roto con el asesinato de Madero, por lo que la convención revolucionaria era espuria y sus autoridades unos usurpadores. También le hizo saber que Venustiano Carranza lo acababa de nombrar jefe del departamento de Marina y lo había promovido a contraalmirante. Lo invitaba a dejar a los convencionalistas con la oferta de que se le respetaría su grado y podría regresar a Veracruz donde sería posible encontrarle algún destino o, al menos, disfrutar de una comisión en esa plaza.

La carta de don Hilario lo hizo pensar mucho y hasta se arrepintió del paso que dio al creer que el gobierno de la convención era legal. No tardó en decidirse, pero cuando fue a presentarle su renuncia al general Roque González, éste ya no estaba en palacio sino que había partido con la mayoría de las fuerzas villistas. Don Manuel dejó su renuncia y acatando las órdenes que le diera don Hilario, dispuso nuestro traslado a Veracruz. El encuentro entre don Manuel y don Hilario fue muy emotivo. Tenían mucho que decirse y consolarse mutuamente por la dolorosa pérdida de sus respectivos hijos. Luego,

Azueta pidió su baja y retiro definitivo pero Rodríguez Malpica se negó. Don Manuel solicitó entonces una licencia, para apartarse un tiempo de la Armada y de México, porque deseaba irse unos meses a La Habana a descansar con su esposa. Se la concedieron. Cuando yo me presenté ante don Hilario para pedirle órdenes, me dijo que mientras don Manuel estuviese en Cuba, fuera yo su ayudante en la jefatura del departamento. Azueta quiso despedirse de don Venustiano, pero éste no lo recibió. Don Hilario me dijo que Azueta no le era grato al primer jefe, por más héroe que fuera.

De la época en que fui ayudante de don Hilario guardo pocos recuerdos; la vida fue tranquila y pude estar en mi casa de Veracruz, cumpliendo comisiones sencillas que, en su mayoría, no implicaron salir a navegar. Sólo una vez, cuando don Hilario me pidió que me encargara del timón del *Progreso*, porque había que llevarlo a Nueva Orleans para que lo repararan. Andar en un barco con un agujero en un costado no era sencillo; en caso de temporal o de mar gruesa, se corría el peligro de que el agua se metiera y nos fuéramos a pique. Costó trabajo porque había que navegar con el buque escorado hacia babor, pues por la otra banda seguía escurriéndose el agua.

Compartí el puente con el joven oficial de derrota, Mario Rodríguez Malpica, segundo hijo del contraalmirante, quien ya era subteniente de la Armada y con quien recordé los episodios chuscos de aquella jornada memorable cuando, al iniciar la invasión de los norteamericanos, él estaba en el calabozo, a punto de ser dado de baja por su mal comportamiento. Ahora era ya todo un subteniente de la Armada asignado al cañonero *Bravo* y luego comisionado al *Progreso*, y al regresar a Veracruz, compartimos también oficina, pues lo nombraron ayudante especial de su padre. Sospeché que don Hilario quería vigilarlo de cerca para que no se disipara, lo cual me pareció normal ante la tragedia que vivió con el mayor, que murió luego de insubordinar al *Tampico*. A Mario Rodríguez Malpica y a mí nos dieron una triste comisión, que me causó gran pena. El velero *Yucatán*, que de por sí ya era viejo cuando lo trajimos de Inglaterra, se encontraba muy descuidado y hasta desvencijado. Era inútil para el servicio y su casco de madera, por más que lo calafateaban, dejaba pasar agua por todas partes. Estaba amarrado en el desembarcadero de San Juan de Ulúa y nos ordenaron desarbolarlo, recogiendo primero las velas para luego abatir los tres palos. Luego, el cañonero *Bravo* lo remolcó hasta los bajos de Veracruz, al otro lado del castillo. Pedí llevar el timón en ese último viaje del *Yucatán* de tan gratos recuerdos para mí, en el que me estrené como tercer contramaestre. Al llegar al sitio elegido para que fuera su sepultura, una lancha me recogió y me trasladó al *Bravo*, desde donde presencié la terrible tradición marinera de desaguar los barcos inútiles a cañonazos.

Otro gran pesar fue la manera en que Manuel Azueta, se dio de baja de la Armada a su regreso de La Habana. Lo peor es que a mí me correspondió comunicarle oficialmente la resolución del presidente de la República, Venustiano Carranza, negándole el retiro con el grado de contraalmirante y la pensión respectiva, ya que Carranza no quería acceder a la petición de un alto oficial que había servido a Victoriano Huerta. Con argucias legales, a don Manuel lo degradaron a capitán de navío, en virtud de que no cumplió los años suficientes en la categoría de comodoro y como el grado de contraalmirante se lo concedió el gobierno usurpador, era nulo. De nada sirvió que argumentara los años de servicio, el respeto al gobierno legalmente constituido ni tampoco su conducta heroica en Veracruz ante la invasión extranjera, en la que su hijo murió en defensa de la patria. Don Venustiano se mostró cruel e impasible. Así, oficialmente, Manuel Azueta sólo sería un capitán de navío en el escalafón de retirados. Don Hilario estaba apenado, y yo más. Generoso conmigo, como siempre, don Manuel me dio un fuerte abrazo, diciéndome que la mezquina ingratitud de que era objeto provenía de los hombres y no de la Armada. Y tenía razón.

A mí me fue bien, porque cuando don Hilario se trasladó a México para ocupar sus oficinas de la capital, me dijo que no quería alejarme de mi familia ni mucho menos de los servicios importantes que podía prestar a la Armada, firmó mi ascenso a segundo teniente y me asignó como oficial de derrota de la *Zaragoza*. ¡Volvería al mar y en el barco que más amaba! María de la Luz se puso muy contenta, ella bien sabía que mi pasión estaba "sobre las olas", como me decía a menudo, poniéndose a tararear el vals de Juventino Rosas. Mi hijo José me felicitó, al igual que Antonio y Ramón, que me enviaron un sable nuevo, que era viejo en realidad, pues lo compraron a los descendientes del comodoro Tomás Marín. A bordo de la *Zaragoza*, que ya también resentía los años y de vez en cuando se le descomponían las máquinas y las calderas, tuve la oportunidad de volver a timonear, porque le pedí al comandante, a quien conocía desde sus días de alumno en la Escuela Naval, que me permitiera hacerlo. Así pude conducir nuestra corbeta a La Habana, a donde nos ordenaron ir para escoltar al crucero *Uruguay*, que traía a nuestra patria los restos de Amado Nervo. Desde Montevideo venía, además, en ese cortejo fúnebre marino, el crucero argentino *25 de Mayo*, buques a los cuales se unió la *Zaragoza* en un convoy en el que nosotros íbamos al frente. Al desembarcar en Veracruz, entre las salvas de artillería y los crespones negros que adornaban todos los edificios y los barcos surtos en el puerto, corrí a comprar un librito de poemas de Nervo para regalárselo a mi hijo Pepe. Encontré un verso que me conmovió: "qué sollozo tan intenso es el sollozo del mar".

El último acto que presidió Hilario Rodríguez Malpica como jefe del departamento de Marina fue la reapertura de la Escuela Naval Militar que, con el nombre de Academia Naval, se instaló en el edificio que fue escenario de la gesta gloriosa de los alumnos que la defendieron contra el invasor, los cuales serían llamados "cadetes". Me invitaron a ser profesor otra vez, pero tuve que declinar porque estaba de servicio en la *Zaragoza*. Al poco tiempo, una nueva revolución estalló en el país y supimos por el mismo don Hilario que el presidente Carranza trató de llegar a Veracruz para refugiarse en el puerto como lo hizo años antes, pero lo traicionaron y lo asesinaron. Con la llegada de los vencedores, que nombraron presidente interino a don Adolfo de la Huerta, se ordenó el relevo de Hilario Rodríguez Malpica, a quien comisionaron para que preparara un plan para el arreglo de la Armada. Fue sustituido por el comodoro don José de la Llave, aquel que fue segundo comandante del

Guerrero en los días del combate contra el *Tampico*. El mismo que muy ufano decía que quería capturar a Hilario chico para fusilarlo. Por supuesto, los odios del pasado ya se habían apagado. Se trataba más bien de un cambio en el que los marinos viejos dejaban su lugar a los más jóvenes.

La nueva comisión de don Hilario era importante porque era urgente reorganizar nuestra marina de guerra. Por esos días, el *Guerrero,* que navegaba cerca de Mazatlán, fue sorprendido por un temporal, encalló y, al desgarrársele las planchas, se perdió para siempre. Era nuestro único barco en el Pacífico, por lo cual el gobierno dispuso que se fuera para allá el transporte *Progreso,* por la vía del canal de Panamá, para cubrir el servicio de vigilancia en aquel litoral. Estábamos como cuando yo navegaba en el *Demócrata* a las órdenes de Manuel Azueta, en que sólo un buque se hacía cargo de patrullar más de siete mil kilómetros de línea de costa. Don Hilario me decía que era inconcebible que México no pudiera presentar al mundo una flota digna de nuestra nación, cuando sí las tenían países de igual o menor importancia como Argentina, Chile, Perú, Brasil o Cuba. Por eso y en atención al tamaño de nuestro mar territorial, el contraalmirante Rodríguez Malpica propondría como indispensable la adquisición de una escuadra moderna que debía estar compuesta por un nuevo buque escuela, y como parte medular de la fuerza naval, cuatro transportes de guerra, cuatro cruceros pesados, diez torpederos y cuatro submarinos, recogiendo la experiencia de la gran guerra en la que, como lo profetizó Manuel Azueta, los torpedos fueron el arma más mortífera y eficaz en los combates navales. Como al gobierno no le alcanzó el dinero, sólo compró a Estados Unidos un cañonero, de segunda mano, al que bautizaron con el nombre de *Agua Prieta*, en honor a la población donde se levantaron en armas los que mataron a Carranza, así como un torpedero, también ya viejo, llamado *Mayo*, además de una motonave o aviso, el *Sonora* y un vapor de pasajeros, el *Coahuila*, nombres que invocaban las regiones de las que provenían los nuevos amos del poder. Luego compraron un guardacostas, el *Covarrubias*.

Entonces, como por arte de magia, reapareció Othón P. Blanco, a quien se le había negado el retiro como vicealmirante y se le dio de baja de la Armada como capitán de fragata, con el mismo criterio que se le aplicó a don Manuel Azueta, salvo que don Othón gozaba del favor del nuevo presidente, el general Álvaro Obregón. Ya estaba fuera del servicio cuando lo volví a ver en Veracruz, con la novedad de que el gobierno lo había contratado "provisionalmente" como capitán de navío para que comandara el vapor *Coahuila* en una misión especial al Brasil. Como tenía influencias, me mandó llamar para entregarme un oficio en el que se me comisionaba temporalmente como piloto en el *Coahuila*, explicándome que me quería de timonel en ese viaje en el que llevaría al ministro de Educación Pública, José Vasconcelos, quien entregaría una estatua del emperador Cuauhtémoc al gobierno brasileño. Viajando en convoy, nos acompañaría el cañonero *Bravo*, a bordo del cual iría una compañía de cadetes del Colegio Militar que desfilarían por las calles de Río de Janeiro. Salimos de Veracruz y pude darme el gusto de saludar al primer teniente Mario Rodríguez Malpica, designado segundo comandante del barco. Tuve el honor de que don Othón me presentara con el ministro diciéndole que "Pepe el timonel" era el mejor de la Armada. Vasconcelos ni caso hizo y me dejó con la mano extendida. En la travesía de regreso tuvimos un serio percance: el cañonero *Bravo* perdió una de sus hélices y su comandante, el teniente mayor don Manuel Camiro, pidió auxilio en alta mar y tuvimos que remolcarlo hasta Puerto España, en la isla Trinidad. Don Othón y los demás oficiales resolvieron que el *Bravo* navegara a la vela, improvisándosele aparejos y colocando lonas como velamen, con la novedad de que ninguno de los tripulantes ni de los oficiales sabía velear, por lo que don Othón me ordenó que yo lo condujera a Veracruz. Así lo hice, llegando al puerto muchos días después que el *Coahuila*. Allí me encontré con que Othón P. Blanco, por órdenes del presidente Obregón, regresaba a la Armada como contraalmirante y comandante de la flotilla del golfo. Me acordé de lo que siempre me decía de prever el futuro para asegurarlo.

Regresé a mi puesto en la *Zaragoza*, como oficial de derrota, sorprendido por la llegada al mando de la flotilla de don Othón P. Blanco, sin poder entender cómo pudo sobrevivir a los vaivenes políticos. Para mí estaba muy claro que era un marino muy capaz, quien tuvo la astucia para intrigar y acomodarse siempre, pues comenzó su carrera con don Porfirio, alcanzó el poder con Huerta y, luego de perderlo, reapareció con Obregón de nuevo en posiciones de responsabilidad, perdonado por su pasado y con aspiraciones para el futuro. Eso era saber caer de pie. Mi deber era, como dice María de la Luz, ver, oír y callar. El comandante de mi barco, el capitán de fragata Isaac Serrano Tello, antiguo alumno mío, confiaba mucho en mí, porque era quien más experiencia tenía a bordo y como casi siempre estábamos atracados en Veracruz, acostumbraba desembarcar cada noche para ir a dormir a su casa, dejando a cargo del buque al oficial de guardia. Yo no podía aceptar tanta tibieza en el servicio y prefería quedarme a bordo, en mi camarote, aunque sabía que podía obtener fácilmente el permiso para pernoctar en el puerto, con mi mujer y mi hijo. Pero nunca lo pedí. Eso sí, todos los días María de la Luz me llevaba la comida, porque con las escasas raciones que nos daba el gobierno, los cocineros de la *Zaragoza* no podían hacer milagros y los alimentos eran malos y a veces echados a perder.

Una madrugada, una sacudida me despertó y me hizo saltar de la cama. La *Zaragoza* se movía y no teníamos ninguna orden de zarpar. Me uniformé y al abrir la puerta me encontré con un cabo de mar que me encañonó y me llevó al puente donde se hallaba dirigiendo la maniobra de salida del puerto el segundo comandante de la corbeta, el teniente mayor José de Jesús Morel, a quien le pregunté dónde estaba el capitán Serrano. Me respondió que lo había dejado en el puerto porque la *Zaragoza* se incorporaba al movimiento revolucionario en contra de la imposición y de la candidatura del general Plutarco Elías Calles, que encabezaba Adolfo de la Huerta.

Quise replicar y Morel, que había sido mi alumno y me tenía mucho respeto, me preguntó si estaba con ellos. Le dije que no, pues el deber de todo marino es permanecer leal al gobierno legalmente constituido. Morel se rio de mí y me dijo que eso era antes, ahora la Armada tenía que tomar un papel protagónico en defensa de los intereses de la patria. Entonces me dijo que por respeto a que fui su profesor en la Escuela Naval y a que yo era el más antiguo de los oficiales a bordo, no me mandaba fusilar pero, para que no interviniera en las

171

operaciones ni en el gobierno del buque, quedaba confinado en mi camarote, con centinela de vista a la puerta. Me encerraron y por varios días sólo veía al marinero que me llevaba de comer, quien me dijo que navegábamos rumbo a Frontera, en Tabasco, a donde escoltábamos al señor De la Huerta, que viajaba en el vapor *Tamaulipas*. El mismo marinero me dijo que había un sentimiento de insatisfacción entre la tripulación, porque los jefes les habían prometido pagarles los haberes de un año por adelantado, pero los habían engañado. Además, corrían los rumores de que los delahuertistas habían sido derrotados por las tropas del gobierno. Luego me enteré de que la *Zaragoza* había sido destinada a patrullar hacia Campeche e isla del Carmen y allá nos dirigíamos. El mismo marinero me dijo que le ordenaron matarme si intentaba algo en contra de los amotinados, así que me pidió que me estuviera quieto y bien portado.

En un amanecer, escuché un estruendo pavoroso y tras dar un respingo, la *Zaragoza* se detuvo, quedando a merced de las olas. Luego empecé a oler a quemado y me di cuenta de que el humo entraba por el resquicio de la puerta del camarote. El marinero abrió la puerta y me dijo que se habían reventado las máquinas y estábamos al garete. Morel quiso ordenarme que ayudara a las reparaciones y me negué, diciéndole que era prisionero. Molesto, se dirigió abajo, a las calderas y a las máquinas, momento en que muchos marineros y clases me rodearon y me pidieron que les dijera cómo resolver el problema, porque se avecinaba un temporal y la *Zaragoza* sería como un barquito de papel que fácilmente naufragaría. Les dije que la única manera de salir vivos era a la vela, improvisando un aparejo y navegando hacia el puerto más cercano.

Todos se me quedaron viendo y les pregunté si sabían hacerlo. Por supuesto nadie podía. El murmullo se propagó por la nave y algunos oficiales me hicieron la misma pregunta. Entonces me pidieron que dirigiera la maniobra; dije que sí, pero con las condiciones de que yo tomara el mando, arrestaran inmediatamente a Morel y a los oficiales implicados en el motín, y que el barco volviera a la obediencia del supremo gobierno. Aceptaron, así que por telegrafía inalámbrica informamos la situación a la comandancia del la flotilla del golfo y se nos ordenó regresar a Veracruz, en donde entregué el barco a salvo y a los facciosos al enviado especial del gobierno: el contraalmirante Hilario Rodríguez Malpica, quien al verme me abrazó y me hizo entrega del ascenso a primer teniente de la Armada firmado personalmente por el presidente Álvaro Obregón, quien me ratificó como comandante accidental de la *Zaragoza*. Al felicitarme por mi conducta, le respondí a don Hilario que sólo había cumplido con lo que él y Azueta me habían enseñado con su ejemplo.

A remolque, llevamos la *Zaragoza* al embarcadero de San Juan de Ulúa, donde nos ordenaron esperar a que se iniciaran los trabajos de reparación de las máquinas, lo que nunca sucedió pues seguramente el gobierno, quizá con algo de razón, pensó que no valía la pena gastar dinero para poner en servicio un barco tan viejo. Sin embargo, a mí me daban largas y excusas, haciéndome ir todos los días a la comandancia de la flotilla a pedir órdenes que eran siempre las mismas: esperar y, poco a poco, me fueron pidiendo marineros para ocuparlos en otras naves, reduciéndose la tripulación al mínimo, pues me quedé con tan sólo once elementos y un par de oficiales subalternos, apenas lo indispensable para cubrir las guardias y mantener limpia a la *Zaragoza*. Yo permanecía a bordo todo el tiempo, salvo los domingos que salía franco; mis compañeros pensaban que era una exageración, pues ¿quién se iba a llevar el barco estando descompuesto? Yo persistí porque no sólo se trataba del deber, sino de un hogar flotante en el que vivían muchos recuerdos. Lo recorría de proa a popa desde las calderas hasta el puente, deteniéndome en aquellos sitios donde mi memoria evocaba algo que allí había sucedido; a veces veía a don Manuel Azueta ordenando abrir fuego frente a Tulum, o a Othón P. Blanco bailando en la cubierta en el frío de Chacabuco o me veía a mí mismo en el timón, saliendo airoso de un temporal. También recordaba a los muchos aspirantes y oficiales que conocí a bordo, así como a los contramaestres, condestables, cabos, fogoneros y grumetes con los que conviví en jornadas inolvidables. Mi mujer todos los días me llevaba la comida y pasaba la tarde conmigo a bordo. Me había convertido en capitán de un barco que no navegaba, del cual era comandante accidental con carácter permanente.

Comprendí que habían abandonado definitivamente a la *Zaragoza* cuando el gobierno compró un barco en los servicios que prestaba en la flotilla del golfo. No sé qué pasaría por la mente de las autoridades navales cuando decidieron adquirir el acorazado *Anáhuac*, tan viejo como la *Zaragoza,* y de tercera mano para colmo: lo construyeron los franceses un par de décadas atrás, luego se lo vendieron a los brasileños y cuando ellos lo descartaron, ¡nosotros se los compramos! Las malas lenguas, que nunca faltan, decían que alguien había recibido una jugosa comisión con tal de que el *Brasil* pudiera deshacerse de ese cacharro. A primera vista parecía imponente; México nunca había tenido una nave de guerra de ese tamaño. Contaba con dos gigantescas torres de artillería, una a proa y otra a popa, cada una con un cañón de gran calibre, así como una coraza blindada de un grueso espesor. Lo tenían amarrado en el muelle de la Armada, lo cual resultaba conveniente para impresionar a los visitantes con una nave de gran poderío, pero que sólo de vez en cuando sacaban al mar, quizá por temor a que se descompusiese. Subí a bordo del *Anáhuac* invitado por su comandante, el capitán de fragata Mario Rodríguez Malpica, con quien recorrí todos sus departamentos y sollados, así como el puente y la superestructura. En el acorazado enarboló su insignia de comandante de la flotilla, el contraalmirante Othón P. Blanco, quien un día salió a navegar con todos sus barcos para pasarles revista, excepto a la *Zaragoza*, averiada e inservible. De todas maneras los barcos eran muy pocos y todos a punto de la senectud: el propio acorazado *Anáhuac*, el viejo cañonero *Bravo*, el *Agua Prieta* que también era ya veterano y tres guardacostas que, de segunda mano, acababan de ser abanderados, a los que les pusieron los nombres de *Teniente Nájar y Teniente Fernández* y, como se les agotó la imaginación, al tercero lo bautizaron simplemente como *Número 3*. Al gobierno no le importaba la Armada porque la consideraban desleal y golpista; creían que como no habían disuelto al cuerpo de oficiales en Teoloyucan, los marinos seguían suspirando por don Porfirio.

Las decepciones se veían compensadas y rebasadas por otras alegrías y satisfacciones; porque mi hijo José me dio la mejor noticia de mi vida, una que ya anticipaba: quería entrar

175

a la Escuela Naval. Yo aplaudí su decisión, aunque no pudo ser de inmediato porque aún no cumplía los quince años; en cuanto esto sucedió, consiguió sus papeles y presentó su solicitud acompañada de una carta de recomendación que le otorgó su padrino, el capitán de navío retirado Manuel Azueta, quien, por cierto, no quiso acompañarme cuando lo invité a la ceremonia de ingreso de los nuevos cadetes, quienes recibirían su espadín de manos del director de la Escuela, el comodoro Luis Hurtado de Mendoza y del comandante de la flotilla del golfo, el contraalmirante Othón P. Blanco. Don Manuel me dijo que no iba no por desprecio a mí o a mi hijo, sino porque no quería presentarse en ninguna dependencia de la Armada, con la que tenía un gran resentimiento. Lo entendí y preferí no insistir más. Días más tarde, en el patio de la Escuela, sentí el orgullo de ver desfilar a mi hijo. María de la Luz me dijo que se veía muy gallardo en su uniforme blanco. Al terminar el acto, un marinero que portaba una cámara fotográfica nos retrató a José y a mí, los dos de uniforme de gala.

Como lo temía, un día recibí la orden de la superioridad de desartillar y desmantelar la *Zaragoza* para desaguarla y hundirla a cañonazos. Y ni modo, las órdenes son para cumplirse así que instruí a la tripulación a que comenzara a desarmar la bitácora, los aparatos de navegación y los demás instrumentos del puente, mientras llegaba un trozo de obreros del Arsenal Nacional que se ocupó de desmontar las piezas de artillería y se llevó alguna maquinaria que todavía podía ser útil. Cuando ya no quedó nada que pudiera servir, se me ordenó que la dotación abandonara el buque. Yo pedí permiso para permanecer en él, solo, en tanto llegaba el día en que la *Zaragoza* sería remolcada al cementerio naval, en los bajos de Veracruz, para ser echada a pique, y me lo concedieron. No recuerdo cuánto tiempo pasé en la soledad, si acaso una semana, en la que me dediqué a darle rienda suelta a mi memoria, evocando el pasado en periplos imaginarios.

La tripulación se presentó de nuevo en la fecha que se dispuso para el remolque de la *Zaragoza*, pero no les permití permanecer a bordo más que el tiempo necesario para que soltaran las amarras y fijaran el cable que nos tiró el *Anáhuac* para remolcar a la vieja corbeta. Luego me instalé en el puente para conducir el timón de la *Zaragoza* por última vez. Salimos de Veracruz y me subí a la estela del acorazado para que me arrastrara al sitio elegido. Al llegar allí, una lancha se acercó para recogerme y, al echar un último vistazo a ese barco, acaricié su rueda de cavillas y tomé este diario de navegación en blanco, en el que pensaba anotar la última singladura de la *Zaragoza*, pero que mejor utilicé para narrar las mías. Abandoné el barco, que quedó al garete por unos momentos.

Al abordar el *Anáhuac* en cubierta estaba todo el personal de cadetes de la Escuela Naval, a quienes habían llevado para presenciar el espectáculo del sacrificio ritual de un barco viejo. Pude ver a mi hijo José, ya con sus galones de alumno de primera, que me saludó cuadrándose marcialmente. Uno de los oficiales del acorazado me invitó a subir al puente, a petición del capitán de fragata Mario Rodríguez Malpica. Al llegar, pude distinguir, al lado de Mario, al general de división Joaquín Amaro, secretario de Guerra y Marina, ante quien fui presentado como Pepe el Timonel y le dijo que yo era toda una leyenda viva dentro de la Armada. Rápidamente pensé en cómo había pasado el tiempo, pues referirse a mí por mi apodo era algo que hacía su padre.

Hubo una segunda sorpresa: en la barandilla estaban mis tres admirados y respetados jefes de la Armada: Othón P. Blanco, Hilario Rodríguez Malpica y ¡Manuel Azueta! Los saludé con alegría y don Hilario me dijo que él y Othón habían tenido que ir a la casa de Azueta a forzarlo para que los acompañara. Me coloqué junto a ellos, mientras el *Anáhuac* iniciaba estruendosamente los disparos que se impactaban de lleno en el casco de la *Zaragoza*, la que poco a poco se fue escorando hasta que desapareció bajo las aguas. Al hundirse, sentí que mi vida también se hundía en ella. En el rostro de mis tres jefes pude ver que asomaban las lágrimas; seguramente pensaban lo mismo que yo.

Me fui a comer con ellos, pues tuvieron a bien invitarme para platicar y recordar los días en los que anduvieron en la *Zaragoza*. La charla, repleta de nostalgia y de tristeza, provocó que tomara una decisión: era ya tiempo de retirarme de la Armada. Todos estuvieron de acuerdo, y don Othón me prometió que los trámites se harían con celeridad. Pasamos el resto de la tarde en amena conversación.

Más tarde le comuniqué a mi mujer mi decisión; María de la Luz me abrazó y me dijo que era lo mejor. La pensión de retiro de un primer teniente de la Armada con cuarenta años de servicio, equivalente a la de capitán primero del ejército, con el sueldo completo, sería suficiente para los dos, pero nuestros hijos Antonio y Ramón fueron muy generosos con nosotros y mensualmente nos daban una cantidad que rebasaba en mucho nuestras necesidades y nos permitió hacer algunos viajes, como el que hicimos a La Habana, que mi esposa se empeñaba en conocer para ver con sus propios ojos todo lo que le había contado.

Mi vida de retirado se reducía a salir a caminar por la mañana para presenciar el izamiento de bandera en la Escuela Naval, ver desfilar a mi hijo y luego ir al malecón para ver los barcos y saludar a los marineros y oficiales. Por la tarde, iba al café en donde me encontraba siempre con Manuel Azueta, quien me relevó del tratamiento jerárquico y se convirtió en mi amigo. Compartí sus penas, como las muertes de sus otros hijos: Manuel, capitán de navío de la Armada, asesinado en Tampico, y la de Tomás, pilotín de una nave mercante que falleció quemado en un incendio en su barco. Lo acompañé y traté de brindarle consuelo. Él lo agradeció a su manera, dispensándome el honor de estar a su lado, como en los días en que andábamos en la mar.

Este diario de navegación debió haber terminado en la entrada anterior, pues en ella narré el final de mi vida en la Armada con motivo de la desaparición de la *Zaragoza*. Aquí debí poner fin a estas letras. Aquí debió acabar mi existencia, pero la Providencia Divina dispuso otra cosa.

Con María de la Luz y con mis hijos Antonio y Ramón, fuimos a la ceremonia de graduación de la antigüedad de la Escuela Naval en la que mi hijo José recibiría sus galones de aspirante de primera, o de guardiamarina, como ya les decían, a la que invité también a su padrino, el capitán de navío retirado don Manuel Azueta, quien aceptó de muy buen grado.

Al llegar al plantel y al darse cuenta de su presencia, su director, el comodoro Luis Hurtado de Mendoza, lo convidó para que lo acompañara en la mesa de honor, pero Azueta se negó y se sentó con nosotros para presenciar la parada de honor y la entrega de los sables de mando a los nuevos oficiales. Mi hijo pasó marcialmente, luciendo orgulloso su nuevo grado y blandiendo el sable para saludar. Ese día sentí que mis sueños se habían colmado. Miré el entorno donde me encontraba. Recordé que allí, a las órdenes de don Manuel Azueta, la Armada tuvo uno de los momentos más heroicos de su historia y ahora, de ese plantel donde yo fui maestro, donde combatí en defensa de la patria, mi hijo salía con la frente en alto, listo para comenzar su vida como oficial naval. No podía sentirme más feliz y orgulloso.

José fue comisionado al transporte *Progreso*, en el Pacífico, para que en él hiciera sus prácticas profesionales que le permitirían obtener el grado de subteniente de la Armada, o de teniente de corbeta, como ya se estilaba decirles. Mi mujer y yo quisimos acompañarlo a Manzanillo, pero él no quiso, así que lo despedimos en la estación del ferrocarril en Veracruz, le dimos la bendición y lo vimos alejarse sonriendo, con el rostro lleno de ilusiones. Días más tarde recibimos una carta donde nos contaba que había llegado y de inmediato se presentó al comandante del *Progreso*, el capitán de fragata Eduardo Loaiza, a quien yo no conocía porque no fue mi alumno en la Escuela, ya que cursó la materia de "movimientos de bajeles" con otro profesor. En la carta, José nos decía que estaba muy contento, que había sido asignado a la artillería en la pieza número 4, la de babor a popa y que estaba estudiando mucho para el examen profesional. Me pidió que le dijera a su mamá que aunque la extrañaba mucho, se aguantaba. Yo estaba muy contento porque recordé lo que muchos años antes don Othón me había dicho, cuando llevamos al pequeño José al *Progreso* del que era comandante, que ese niño en ese barco algún día prestaría un servicio distinguido.

No supimos más de él y yo supuse que era porque habría salido al mar en el *Progreso*, pero un día, pocas semanas después de recibir esa única carta, a mi casa se presentó Othón P. Blanco para darme la fatal noticia: mi hijo José había muerto en combate a bordo del *Progreso*. Perdí el conocimiento. Al cabo de unos días, con el dolor a cuestas, temiendo por María de la Luz, que también se encontraba en un estado tal de abatimiento que creí se moriría, pude escuchar del propio don Othón la relación de los hechos en que cayó mortalmente herido mi hijo José.

Un grupo de rebeldes de los que llamaban cristeros habían atacado Manzanillo con la intención de apoderarse de los caudales de la aduana marítima, pero en el muelle estaba atracado el *Progreso*, cuyo comandante dispuso el zafarrancho de combate para la defensa del barco y, al presentarse los alzados, ordenó el fuego de los cañones. Los enemigos lo recibieron, así que se dio la orden de que se picaran los cabos de las amarras a hachazos para que el *Progreso* se abriera y se alejara del muelle. Durante el tiroteo, mi hijo disparaba el cañón bajo sus órdenes con buena puntería, lo cual atrajo el fuego de los cristeros, quienes le dispararon con sus fusiles hasta que una bala le penetró la frente. Cayó y uno de sus compañeros, el aspirante Rigoberto Otal Briseño, su amigo desde la Escuela Naval, lo recogió y lo llevó a la enfermería donde el médico de bordo le brindó los primeros auxilios, recomendo bajarlo a tierra y llevarlo a un hospital.

Lo sepultaron con honores en Manzanillo.

María de la Luz y yo, con la compañía de Antonio y de Ramón, viajamos allá a visitar su tumba y, meses más tarde, el comodoro Luis Hurtado de Mendoza, director de la Escuela Naval, me invitó a un homenaje luctuoso en honor de mi hijo, y en el que develamos una placa en el salón de navegación del plantel, el mismo en el que yo había dado clase, donde se daría cuenta de su conducta heroica. Allí estaban, acompañándome en esa triste ocasión, mis antiguos jefes: Manuel Azueta, Hilario Rodríguez Malpica y Othón P. Blanco. Cuando cayó la tela que cubría la placa, las palabras en ella inscritas me hicieron llorar:

Aspirante de primera
JOSÉ VILLALPANDO RASCÓN.

Murió en cumplimiento de su deber defendiendo al gobierno constituido.

Era lo que yo había vivido y aprendido de mis superiores. Ésa era la mejor cualidad y la verdadera lealtad de un oficial naval cuyo único deber es servir a México. En recuerdo doliente de mi hijo, cerré para siempre este diario de navegación.

Cuaderno de bitácora

Es costumbre en los barcos que en la bitácora, ese cajón o columna de madera donde se coloca la brújula y que está cerca del timón, se guarde un cuaderno en el que el capitán, algunos de los oficiales o hasta el timonel hacen anotaciones que después trasladan, ya revisadas y corregidas, al diario de navegación. Estas líneas constituyen los apuntes de este diario de navegación que el amable lector tiene en sus manos, en donde deseo dar cuenta de los acaecimientos notables que acompañaron su redacción, así como sus motivos, el método y las fuentes utilizadas.

Este *Diario de navegación* es una novela histórica, o más bien una historia novelada, o ambas cosas a la vez y ninguna al mismo tiempo. Los hechos históricos narrados son reales y auténticos; evidentemente, el vehículo literario para contarlos es ficción, pues para aglutinar una relación fluida y continuada, necesitaba un personaje que tuviera una característica que nadie tuvo jamás: que en su hoja de servicios constara que estuvo presente en todos los acontecimientos que a lo largo de cuarenta años constituyen los momentos más notables de la Armada de México.

Éste es el origen de Pepe el Timonel, el personaje que narra su vida en nuestra Marina de guerra y que tiene la fortuna de estar presente en ellos, gracias a que las circunstancias lo colocan apropiadamente en la situación de participar. Sólo al final, y para conectar con la realidad histórica y, al mismo tiempo, conmigo mismo como autor, conocemos el apellido de Pepe el Timonel al vincularlo con un suceso histórico real y auténtico: la muerte de José Villalpando, un héroe de nuestra Armada con el cual no me une nada más que la coincidencia de un nombre y un apellido idénticos.

El objetivo central del libro es contar la historia de los barcos de guerra de la Armada, especialmente de los que se adquirieron en el Porfiriato y, sobre todo, la vida de los hombres que los tripularon, particularmente de los grandes marinos mexicanos de aquellos tiempos: Ángel Ortiz Monasterio, Manuel Azueta, Hilario Rodríguez Malpica y Othón P. Blanco, haciéndose extensiva la narración hacia los jóvenes héroes José Azueta Abad e Hilario Rodríguez Malpica hijo.

Me aparté de todas las narraciones conocidas, de las cuales las más importantes sirvieron de base a este libro. El *Diario de navegación* de Pepe el Timonel incursiona, gracias a las licencias literarias, en los pensamientos y sentimientos de esos hombres para tratar de acercarnos a una historia más humana, en la que el cumplimiento del deber no es una mecánica y automática respuesta, sino una intensa emoción del alma y del cuerpo de los involucrados, donde sus alegrías y sufrimientos, enojos y júbilos son parte de su naturaleza como hombres y marinos. Confío en haber logrado este cometido, para mí de suma importancia, de expresar lo que aquellos hombres experimentaron en sus vidas. Estoy seguro de que deben ser lo mismo que hoy ocurre con nuestros marinos de guerra, jefes, oficiales, clases y marinería, al embarcarse cada vez, alejándose de tierra; es decir, de sus afectos, amores, familia, esposas, novias, hijos, padres, siempre con la esperanza de volver.

Las fuentes empleadas en este libro son dos esencialmente: las directas y de primera mano, consistentes en los expedientes personales de los principales protagonistas, que gracias a la amabilidad del Archivo Histórico de la Secretaría de Marina, que está bajo la custodia de la Unidad de Historia y Cultura Naval, me fueron proporcionados en diversos momentos. Así, tuve la fortuna de obtener, de manera diligente y sin cortapisas, las hojas de servicios y demás documentos complementarios de Ángel Ortiz Monasterio, Manuel Azueta Perillos, Hilario Rodríguez Malpica Segovia, Othón P. Blanco Núñez de Cáceres, José Azueta Abad, Hilario Rodríguez Malpica Saliva y Mario Rodríguez Malpica Saliva. Las fuentes indirectas empleadas son más conocidas, particularmente el libro del capitán de altura Juan de Dios Bonilla, *Apuntes para la historia de la Marina Nacional*, así como las obras del vicealmirante Mario Lavalle Argudín, tanto sus *Memorias de Marina. Buques de la Armada de México*, como su texto *La Armada en el México independiente*. Sin embargo, el mejor apoyo de consulta para la historia naval mexicana en el periodo estudiado es sin duda el que proporciona don Enrique Cárdenas de la Peña en sus insuperables obras *Semblanza Marítima del México independiente y revolucionario*, así como en su *Educación Naval en México*. Tuve el honor de conocerlo poco antes de su fallecimiento, así que pude manifestarle mi admiración y el gusto con que había leído todas sus obras que tenía en mi biblioteca desde hacía muchos años y las llevé ante su presencia para demostrárselo y pedirle que me las autografiara, petición a la que respondió con generosidad.

Las razones por las cuáles escribí este *Diario de navegación* son sencillas. Nora, mi esposa, dice que es la proyección de lo que hubiese querido ser. Quizá tenga razón, porque sabe de la admiración, respeto y amor que le tengo a la Armada de México, de la que nunca he formado parte, aunque mi vida entera ha estado ligada a la institución, desde muy niño, cuando mi padre, doctor en pedagogía, colaboró como asesor en la Secretaría de Marina. Desde entonces, y gracias a él, pude conocer no sólo los barcos sino a los hombres que los tripulaban, particularmente a quienes brindaron su amistad y confianza a mi padre. Recuerdo con afecto las amenas charlas con los almirantes Diego Mújica Naranjo, Humberto Uribe Escandón, José Manuel Montejo Sierra, Agustín Muñoz de Cote, Héctor Argudín Estrada, Alberto de la Cruz y, especialmente, las muchas y muy fructíferas horas con Ángel Ramos Ramírez. Por esos años, mi relación con la Armada adquirió un carácter personal, cuando resolví prestar mi Servicio Militar Nacional en el Primer Regimiento de Infantería de Marina, experiencia inolvidable que me llevó, incluso, a navegar en un veterano transporte de guerra, la fragata *Tehuantepec*. Poco después, tuve la oportunidad de visitar Isla Mujeres y hallar en su base naval un viejo buque patrulla de la Armada, la cual pedí permiso visitar y me lo concedieron, quizá porque creyeron que yo era pariente de quien ese buque ostentaba orgullosamente el nombre: *Villalpando*. Por supuesto, me fotografié a bordo, en la toldilla, donde claramente aparecía mi apellido.

Andando los años y cuando tuve la oportunidad de dirigir el Instituto Nacional de Estudios Históricos de las Revoluciones de México y, por ende, ocupar el cargo de Coordinador Ejecutivo de las Conmemoraciones del Bicentenario de la Independencia Nacional y del Centenario de la Revolución Mexicana, mis relaciones con la Secretaría de Marina Armada de México se volvieron más estrechas y cotidianas, sobre todo gracias a la confianza que me dispensó el almirante Mariano Francisco Saynez Mendoza, titular del ramo, cuya amistad conservo. Con él establecimos varios programas, tanto de difusión de la historia de la Armada que se tradujeron en la publicación de casi una decena de libros, como en la participación de nuestras fuerzas navales en el Bicentenario, desde la regata internacional de veleros escuelas de países hermanos, pasando por las estaciones de búsqueda y rescate, hasta la botadura y puesta en servicio de las muy modernas patrullas oceánicas *Bicentenario de la Independencia* para el Golfo de México, y *Centenario de la Revolución*, para el Pacífico. Además, tuve el alto honor de ser designado profesor invitado del Centro de Estudios Superiores Navales, donde sigo dando clase.

Estos intensos trabajos me permitieron conocer y entablar amistad con los almirantes retirados y ya fallecidos Miguel Carranza Castillo y Pedro Raúl Castro Álvarez, que estuvieron a cargo de la Unidad de Historia y Cultura Naval, así como sus sucesores, los capitanes de navío Marciano Valdés Martínez, Juan Carlos Vera Salinas y Daniel Chávez Anduaga, a quien agradezco el que me hayan facilitado los documentos que fundamentan este libro. Quiero destacar que en esa unidad presta sus servicios una destacada historiadora, la capitana de corbeta Leticia Rivera Cabrieles.

En esos años, en el ámbito de la colaboración institucional, tuve la oportunidad de constatar la eficacia y la amabilidad de los almirantes Raúl Santos Galván Villanueva y Armando García Rodríguez, así como del ahora almirante José Luis Vergara Ibarra. Por cierto que soy deudor del señor almirante Vergara, a quien le viviré eternamente agradecido por su valiosa intervención ante el almirante Secretario de Marina, don Vidal Francisco Soberón Sainz, quien autorizó mi ingreso al Hospital Naval de Alta Especialidad, donde fui magníficamente atendido y restablecido de un aparatoso y complicado accidente.

Este *Diario de navegación* es, en síntesis, mi manera de rendir el homenaje de mi admiración y respeto a esa institución, la Armada de México, de la que, en efecto, me siento parte de manera intelectual y sentimental, a grado tal de que varias de sus páginas las escribí en el histórico y glorioso recinto de la antigua Escuela Naval Militar, que hoy es el hermoso Museo Naval del puerto de Veracruz, escenario de muchas de las gestas que aquí se narran.

JOSÉ MANUEL VILLALPANDO

Hoja de servicios de Pepe el Timonel.
(De conformidad con lo narrado por él mismo en este libro.)
Ascensos obtenidos:

AÑO GRADO

1886 Marinero.

1892 Cabo de mar.

1897 Tercer contramaestre.

1904 Segundo contramaestre.

1909 Primer contramaestre.

1914 Subteniente.

1919 Segundo teniente.

1923 Primer teniente.

1926 Baja por retiro.

Comisiones desempeñadas y acciones en que participó:

1886 Marinero timonel en el cañonero *Libertad*.

1892   Cabo de mar timonel en la corbeta escuela *Zaragoza*, en el viaje a España para concurrir al IV centenario del descubrimiento de América.

1894   Cabo de mar timonel en la corbeta escuela *Zaragoza*, en las singladuras de Tampico a Guaymas por el estrecho de Magallanes.

1896   Cabo de mar timonel en el cañonero *Demócrata* en la flotilla del Pacífico.

1897   Cabo de mar timonel en el pontón *Chetumal*, singladuras de Nueva Orleans a Belice y Payo Obispo.

1898   Tercer contramaestre timonel en el velero *Yucatán*, de Inglaterra a Veracruz.

1899   Tercer contramaestre timonel en la corbeta escuela *Zaragoza*, en las operaciones en el mar Caribe.

1901   Tercer contramaestre timonel en la corbeta escuela *Zaragoza*, en la acción de Tulum contra los indios mayas.

1903   Tercer contramaestre timonel en la corbeta escuela *Zaragoza,* en las operaciones en la costa de Quintana Roo.

1904   Segundo contramaestre timonel en el cañonero *Tampico*, singladuras de Elizabeth a Veracruz.

1905   Segundo contramaestre en la Escuela Naval Militar como ordenanza del director y profesor auxiliar de la materia Nociones de movimientos de bajeles.

1906   Segundo contramaestre, timonel accidental, en el cañonero *Bravo*, para trasladar al presidente de la República a la península de Yucatán.

1908   Segundo contramaestre timonel, en las singladuras del transporte *Guerrero*, de Liverpool a Salina Cruz, por el estrecho de Magallanes.

1909 Segundo contramaestre timonel en el transporte *Guerrero*, en la comisión a Corinto a recoger al presidente de Nicaragua.

1910 Primer contramaestre, profesor de la materia Nociones de movimientos de bajeles en la Escuela Naval Militar. Autor de un manual de dicha asignatura.

1910 Primer contramaestre, profesor de la Escuela Naval Militar, en el contingente que participó en las celebraciones del centenario de la Independencia Nacional.

1911 Primer contramaestre, ayudante y timonel de bandera del comodoro comandante de la flotilla del golfo.

1911 Primer contramaestre, timonel accidental en el cañonero *Veracruz* en la singladura a Campeche, para recoger al candidato a la presidencia de la República.

1912 Primer contramaestre, ayudante y timonel de bandera del comodoro comandante de la flotilla del golfo en las acciones para combatir la sublevación felicista en el puerto de Veracruz.

1912 Primer contramaestre, ayudante del comodoro jefe del estado mayor presidencial.

1913 Primer contramaestre, ayudante del comodoro jefe del estado mayor presidencial, en las acciones para defender al gobierno legalmente constituido durante la Decena trágica.

1913 Primer contramaestre, ayudante del comodoro inspector de la flotilla del Pacífico, en el cañonero *Tampico*.

1914 Primer contramaestre, ayudante del comodoro comandante de la flotilla del golfo.

1914 Primer contramaestre, ayudante del comodoro que asumió el mando de la Escuela Naval Militar para defenderla de la invasión norteamericana.

1914 Primer contramaestre, timonel accidental del transporte *Guerrero* en su combate contra el cañonero *Tampico* en Topolobampo.

1914 Subteniente ayudante del vicealmirante jefe del departamento de Marina de la Secretaría de Guerra y Marina, en la firma de los tratados de Teoloyucan.

1915 Subteniente ayudante del contraalmirante jefe del departamento de Marina de la Secretaría de Guerra y Marina del gobierno convencionista.

1915 Subteniente ayudante del contraalmirante jefe del departamento de Marina de la Secretaría de Guerra y Marina del gobierno constitucionalista.

1919 Segundo teniente, oficial de derrota de la corbeta escuela *Zaragoza*.

1919 Segundo teniente, oficial de derrota de la corbeta escuela *Zaragoza*, en la comisión a La Habana para escoltar los restos del poeta Amado Nervo.

1922 Segundo teniente, piloto y timonel accidental del transporte *Coahuila*, en singladura a Brasil.

1922 Segundo teniente, timonel accidental del cañonero *Bravo*, en la singladura de Trinidad a Veracruz.

1923 Segundo teniente, oficial de derrota, en la corbeta escuela *Zaragoza*, oponiéndose al motín de la tripulación durante la rebelión delahuertista.

1923 Primer teniente, comandante accidental de la corbeta escuela *Zaragoza*.

1926 Primer teniente, comandante accidental de la corbeta escuela *Zaragoza* durante su desmantelamiento y desagüe.

1926 Primer teniente, baja por retiro de la Armada.

Distinciones obtenidas

1906 Medalla al mérito naval de segunda clase, por acciones distinguidas.

1914 Presea a los defensores de Veracruz en la segunda invasión norteamericana.

1923 Medalla al mérito naval de primera clase, por acciones heroicas.

1926 Condecoración de primera clase de constancia naval por 40 años de servicio.

Diario de navegación de José Manuel Villalpando
se terminó de imprimir en agosto de 2018
en los talleres de
Litográfica Ingramex, S.A. de C.V.
Centeno 162-1, Col. Granjas Esmeralda, C.P. 09810,
Ciudad de México.